AF392881

DIME SI RECUERDAS TRANZAS

La historia de
Douglas Bastidas

JAVIER VILLACÍS MEJÍA

DIME SI RECUERDAS TRANZAS

La historia de Douglas Bastidas

**DIME SI RECUERDAS
TRANZAS**
© Javier Villacís Mejía
Primera edición, 2020
© Eskeletra Editorial, Quito, 2020
Dirección Editorial: Ramiro Arias
Diagramación: Nieves Egoavil
Diseño portada: Carlos Ferrín
Correción: Edwin Hidalgo
Fotografía interior: Archivo Douglas Bastidas
Fotografía portada: Alejandro Sánchez
Eskeletra Editorial
12 de Octubre y Roca (esq.)1 piso Ofic. 102
E-mail: eskeletra@hotmail.com
Web: www.eskeletra.com

ISBN: 978-9978-16-325-2

Impreso en Ecuador

*El talento innato, el esfuerzo obsesivo y la pasión enfermiza,
sumados a una serie de casualidades, extraños detalles y eventos
entrelazados, configuraron un destino, seguramente ya escrito, de
un joven soñador ecuatoriano que compuso la música de fondo de
las historias de amor de varias generaciones latinoamericanas.*

Javier Villacís Mejía

La siguiente historia está inspirada en hechos reales sobre mi vida. Todos los acontecimientos aquí descritos muy probablemente ocurrieron así, y espero que sirva como inspiración para todos quienes sueñan con un mundo transformado por el arte.

DOUGLAS BASTIDAS

PREFACIO

¿Cómo un grupo de muchachos, con pocos recursos y en un país cuya industria musical jamás ha despegado, logran llegar al piso más alto de la fama del mercado hispano más difícil?

¿Por qué caen, rompiendo la ventana del piso más alto de la fama, si en muchos países latinoamericanos aún continúan grabados en los corazones de la gente?

La respuesta es difícil. Esta industria tiene secretos oscuros. Además, la vida de un artista no es sencilla en ninguna de sus etapas y tiene grandes tragedias, conspiraciones, dramas que, en la mayoría de casos, se ocultan para siempre.

El mundo de la música visto desde afuera es maravilloso, pero mientras más se profundiza en él, más se descubre la maldad humana en su expresión pura. El arte, para ser una manifestación de la belleza, guarda bajo la alfombra los bajos instintos de la humanidad.

Para contarlo con la justicia que estos artistas y varias generaciones merecen, viene a continuación la novela completa, sin censuras.

CAPÍTULO I

EL SUEÑO ASTRAL DE TRANZAS

2002

El mismo momento en el cual las luces le encandilan el rostro, los nervios se van. Ya no siente la misma presión en el pecho como la que sintió cuando dio su primer concierto en el Colegio La Inmaculada de Guayaquil. El sentimiento es distinto, a pesar de los gritos del público y de la emoción que inunda el Coliseo. Él vive ahora su silencio, su propio silencio. Entonces, una voz en el interior de su cerebro le dice: "Douglas, **_Dime si recuerdas_*** cuando no tenías dinero para el almuerzo, cuando tenías que pedir a tus panas para la buseta, cuando hicieron una colecta para que produjeras tu disco, el que probablemente era el último y agónico disco".

De pronto, rompe su silencio interior con un grito de:

—¡Buenas noches, Méxicoooo!

Empieza a cantar con todos los recuerdos convertidos en lágrimas que aún no han salido y en vez de un _nudo en la garganta_, surge una fuerza desconocida:

—**_Debes buscarte un nuevo amor..._***

***Dime si recuerdas:** balada rock que rompió todos los récords de la música ecuatoriana.

***Nuevo amor:** hit número uno en todas las radios de Latinoamérica.

Sin embargo, como siempre, esa voz interna que sonaba en su cabeza, que tal vez era la de su padre en otro tiempo, lo deja clavado sobre el escenario real. Era el primer ecuatoriano que rompía todos los récords continentales de la música hispana, pero que seguía siendo el mismo muchacho sencillo que nació en una casa vieja de Guayaquil, entre las calles Boyacá y Luque, con más sueños que certezas.

Esa noche fue maravillosa.

Ni él ni ninguno de sus compañeros de la banda, se podían imaginar que pronto vendría una gran tormenta que arrastraría a Tranzas hacia un precipicio desconocido.

1978

Podría empezar contando cuando Douglas Bastidas, escapando del estudio de grabación, se fue a la playa, donde salió volando por los aires con la desafortunada explosión del yate en el que se encontraba. Podría también contarles cómo, en un mes, compuso el mejor disco de baladas rock de la música ecuatoriana de toda la historia y se convirtió, de golpe, en el mejor compositor y en el mejor cantante rock pop del país. Podría contarles cómo Tranzas pasó rápidamente de su costumbre de viajar en una camioneta destartalada de pueblo en pueblo, en el Ecuador, a andar en un Mustang a toda velocidad por South Beach en Florida o cómo Douglas rechazó una invitación nada menos que de Shakira para salir a bailar. Aunque la historia de Douglas Bastidas sucedió muy de prisa, como si fuera un tren de alta velocidad sin frenos, voy a contarla despacio, empezando por el principio.

Para comenzar, quiero que sientan la fuerza de **Revolution** de los Beatles como la primera canción de fondo en la vida del vocalista de Tranzas. Era la época del rock estridente en inglés y la música llegaba a Guayaquil con un retraso de un par de años, pero llegaba. Los automóviles eran rectangulares; tan solo unos cuantos tenían la curva del escarabajo. Los buses, pintados de azul y blanco, siempre se veían repletos. Los hombres vestían camisas de cuadros, pantalones de gabardina ajustados y acampanados. Las mujeres también empezaban a usar pantalones y blusas de colores intensos, cabello corto y grandes gafas negras. Douglas, desde muy pequeño, se las arreglaba para vestir a la moda. Con el cabello rizado, camisa floreada y las gafas negras redondas de su padre, practicaba a ser un John Lennon frente al espejo.

Lo único que sabía era tocar el piano. Lo hacía desde los siete años. Desde que lo inscribieron en un curso, siempre estuvo aburrido, porque las notas que le enseñaban las sabía de memoria casi desde que nació. A pesar de que el dinero siempre era escaso, nunca le faltó una actividad adicional. Estuvo en teatro, ajedrez, bicicrós, box, judo y no le gustaba nada. Su padre pensaba que las horas libres cultivaban vicios.

Siempre recordaba su llanto, cuando iba a las clases de cualquier cosa. Aunque, en realidad, al interior de su familia se sabía que lloraba por todo: era demasiado sensible ante la belleza y la injusticia. Fue por esa época cuando su madre descubrió que estaba enamorado de su profesora, y le había escrito garrapatosamente una carta.

De todo aquello en lo que había participado, lo único que le gustaba fue la música, y por alguna extraña razón, desde antes de los siete años, se dio cuenta que podía identificar las notas. Cuando estuvo frente a las teclas se le hizo casi natural el tocar y repetir exactamente las melodías que escuchaba. En vez de Superman o Kalimán, sus únicos superhéroes, desde que tuvo memoria, fueron los Beatles. Le aburría y le avergonzaba cuando sus padres le hacían tocar música tradicional en las fiestas familiares.

Un poco más grande descubrió la guitarra. Había un 'man' de unos 25 años, que vivía en un barrio cercano y que la tocaba en una esquina, a veces solo, a veces con otros chicos que se hacían llamar Los Apóstoles. Únicamente tocaban hasta las 10 de la noche, porque después la calle se ponía peligrosa. El barrio era pintoresco y lleno de arte, pero *por ahí era zona*, como decían en Guayaquil; esto quería decir que no solo te robaban, sino que, por 10 centavos, te podían *dar el vire*, o, mejor dicho, te podían pegar un tiro. Lo malo del hombre era que no enseñaba y casi siempre estaba borracho. Douglas quería aprender, pero tenía que hacerlo viendo cómo y dónde ponía los dedos su improvisado profesor, cómo hacía el rasgado, los arpegios: *el 'man'* tocaba de todo y bien, pero era imposible sacarle una lección.

Ya para ese momento, le había revuelto las tripas una niña del barrio y, de manera instintiva, supo que la música era él único recurso que le procuraría el amor. Entonces, su sensibilidad juvenil, la combinación genética y la ebullición del entorno, empezaron a gestar el óvulo fecundado del animal distinto que le nacía por dentro.

Los fines de semana caminaba hasta el Cerro del Carmen del barrio Las Peñas junto a sus amigos, los más grandes del barrio. Era un viaje lleno de aventuras, pasaban por una zona de bares donde siempre había peleas, otra cuadra de pintores, que estaban con sus cuadros afuera mientras jugaban barajas en las veredas, otro lugar de comidas de donde salía humo y olores guayaquileños. Subir al cerro les costaba una media hora, pero era su momento más feliz del día.

Cuando llegaban, normalmente hacían una colecta para el trago y el 'man' tocaba para ellos hasta más tarde: pasillos, boleros, rock, blues y algunas canciones que ninguno había escuchado jamás. A veces, los *pelados* le hacían el coro, pero Douglas siempre estaba callado porque, según él, su voz era demasiado fina y le daba vergüenza.

Desde entonces era tímido, pero guardaba silencio por un motivo especial: le gustaba escuchar. Las canciones del exterior llegaban al Ecuador un poco tarde como dije, pero llegaban. Fueron los años cuando nació el pop, el rock latino, el reggae; eran los años de Pink Floyd, Queen, la mítica guitarra de Santana, y grupos como Génesis, que empezaron a mezclar el rock hasta con jazz, creando en la mente del muchacho una explosión de sentimientos y melodías que no se le iban: se quedaban en su cabeza mientras dormía, se mezclaban con su vida cotidiana, y las tarareaba mientras veía al pizarrón y al profesor, en un limbo extraviado, imaginándose que estaba dentro del video ***Another Brick in the Wall***, de Pink Floyd.

En el Ecuador, empezaba el boom petrolero y una larga dictadura. A pesar de que, frecuentemente, se decretaban toques de queda, emergía la delincuencia organizada de las zonas marginales. Las pandillas querían alcanzar rápidamente los lujos de la creciente clase media.

Los padres de Douglas eran dos profesionales que luchaban incansablemente por dar lo mejor a sus hijos. Tenía cuatro hermanos; por lo tanto, los ingresos de la pequeña fábrica y la tienda de ropa de niños solo alcanzaban para pagar una buena educación y darles apenas lo necesario.

Por eso Douglas creció en una casa clásica guayaquileña, antigua, de madera, con persianas y portal de columnas, a la que dolía cada paso y se quejaba ante cualquier movimiento. Su única ventaja era la de ser fresca, hasta en los criminales soles de Guayaquil al mediodía.

Estudió en el Colegio Espíritu Santo y a partir de los 11 años en el Americano, dos de los colegios más prestigiosos y caros de la ciudad. Ahí entendió de manera muy clara dos cosas: que no era rico, porque mientras él tenía una casa divertida, con vida, porque se movía con los pasos de la familia, sus amigos tenían esplendorosas mansiones que ocupaban a veces una manzana completa; lo otro que entendió fue que le desquiciaban las mujeres y que tenía que buscar alguna forma especial de conquistarlas. No era precisamente el más guapo, además era introvertido y encima chiro, como le dicen en Ecuador a quien no tiene dinero.

Lo que no sabía aún era que poseía una determinación enfermiza y que solo debía encontrar un camino porque, aunque ese camino estuviera lleno de lágrimas y dolor, al final su coraje y su talento serían más grandes que cualquier obstáculo.

En 1980 ya tenía 10 años, el tiempo pasaba rápido, pensaba que ser el mayor de cinco hermanos era la posición más difícil en una familia, no tenía de quién heredar algo, ni alguien a quien arrimarse, ni siquiera quien le ayudara en una tarea. Su padre pasaba ocupado en el almacén de ropa y su madre en su taller de confección. La letanía diaria era que tenía que ser ejemplo para sus hermanos. La verdad no tenía ni la menor idea a qué se iba a dedicar el resto de su vida, peor podía ser ejemplo de algo para alguien.

Siempre recordaría su cumpleaños número 11. Normalmente recibía una pelota, un par de calzoncillos, cualquier cosa frustrante porque a sus amigos ya les estaban comprando aparatos importados y desconocidos. Pero ese día fue distinto, su papá había dejado en la cama una guitarra. Sintió un cosquilleo en el estómago, como años después sentiría cada vez que escuchara una canción suya en la radio.

Esa vez llevó su guitarra a Las Peñas, y empezó una rutina de imitación nocturna hasta que pudo entonar sus primeros acordes. Cuando el experimentado músico se dio cuenta que el muchachito tenía instinto, lo miró y le dijo:

—Escucha esto, pelado, es la esencia de todo— entonces empezó a tocar un 'riff' que desconcertó a Douglas, quien casi hipnotizado preguntó:

—¿Qué es?

—Se llama **What´d I Say** de Ray Charles— respondió el músico.

Luego tocó un arpegiado rítmico y empezó a gritar una canción extraña: *Gringa loca, gringa loca*. A partir de ahí se hicieron amigos. A Douglas le parecía una amistad fascinante y al hombre le hacía mucha gracia la pasión del niño por aprender.

Una de aquellas noches el talentoso músico ya no estaba, se había ido dejando en la esquina solo el eco fantasmal de su guitarra y una silla de madera que se doblaba como tijera. Pocos años después reconoció su voz y su guitarra en una radio, cuando el locutor lo presentó como Héctor Napolitano.

No se imaginó que varias décadas después compartiría largas noches de acordes y melodías con el Viejo Napo, quien se convertiría en uno de los cantautores más importantes y originales en toda la historia de Guayaquil.

Desde esa época, Douglas se dio cuenta que tocaba de oído, que podía identificar las notas, que podía repetirlas en su habitación hasta altas horas de la noche, cuando inspirado, con lágrimas provocadas desde ese momento por alguna profunda melodía y por alguna musa desconocida, empezaba a rasgar más duro las cuerdas, mientras su padre le gritaba cariñosamente:

—¡Ya cállate, carajo!

1983

Los ochentas arrancaron en Ecuador muy convulsionados, en el 81 estalló una guerra breve contra Perú y pocos meses después se desplomó el avión presidencial, donde murieron Jaime Roldós Aguilera, su esposa y otros tripulantes.

El mundo vivía la Guerra Fría, el terrorismo aumentaba en el planeta y también en el Ecuador, Maradona se proclamaba rey del mundo en deportes; Michael Jackson, con Thriller y otros éxitos, rey del mundo de la música.

Pero más allá de eso, sucedió algo que cambiaría la industria musical para siempre, primero para bien y luego 30 años después para mal: empezó la era informática a gran escala, salieron los primeros sintetizadores con capacidad MIDI, que era un control orquestado y secuenciado de sonidos, cajas de ritmo y samplers, dando lugar a nuevas formas alucinantes de producción musical.

Douglas era tan flaco que se ponía dos pantalones para rellenarse. En el Colegio Americano todas eran guapas, y como ya habíamos dicho, él no era buen deportista, ni buen alumno, ni guapo; es más, ni sabía bailar, así que no podía llamar la atención de nadie. Llegaba hasta buen amigo de algunas, y mejor amigo de su amor platónico María Fernanda Diab, porque divertido sí era. Sin embargo, un día todo cambió.

Había otro flaco, dos años mayor a él, que siempre tocaba batería en la sala de música. Era muy alto, con la cara alargada y las orejas grandes. Lo consideraba un maestro en la batería, llevaba varios meses escuchándolo, se llamaba Willy Wong, y tenía un grupo llamado Abraxas.

Cierto día coincidió con él en la buseta de regreso a su casa. Lo veía de lejos como un gran artista, y le extrañaba que anduviera en buseta y viviera en el sur.

Era la época cuando las bandas no eran conformadas por músicos, sino por quienes tenían los recursos o las agallas, para adquirir o robar un instrumento.

Al día siguiente se animó, llevó su guitarra y en el recreo se acercó a la sala de música.

Willy, desde la batería, al terminar un solo espectacular de inmediato le gritó:

—Tócate algo, flaco, ¿qué te sabes?

—***Back in Black*** de AC/DC— respondió Douglas intimidado —¿me acompañas también? —le dijo al bajista que estaba sentado en un pupitre.

Entonces empezó con el rasgado hacia abajo y Willy le acompañó con los platillos:

Tan... tan... tan... pan... tararán.

—Aguanta, aguanta ¡está mal!

Douglas Bastidas respiró profundo y dijo:

—Ok, voy a empezar de nuevo, sí me la sé —empezó a tocarla con los ojos cerrados, olvidando las notas que había visto en una revista, y recordando la melodía que tenía grabada en su mente. De repente, empezó a tocar como lo haría el resto de su vida, simplemente como le daba la gana:

Tan... tan... tan... pan... tararán...tararán...pan...tararán...tararán...

Siguió con los ojos cerrados, sintió el bajo retumbar en su cerebro, y la batería potente, marcando el compás de su ritmo cardiaco. Una explosión de endorfinas le reventó la vida para siempre y le hizo pensar:

—Wow, estoy tocando, hijueputa

Toda su vida recordaría ese preciso momento porque ahí empezó su adicción.

Siguió tocando y pensando emocionado que la combinación de guitarra, bajo y batería, era la cosa más perfecta sobre la tierra:

—¡Que bacán es tocar! —dijo para sí.

Entonces abrió los ojos, y con la inocente sorpresa de un artista recién nacido, vio que todas las muchachas del colegio, quienes ya no cabían en la sala, absortas, se habían amontonado alrededor del grupo.

1984

En la vida a veces suceden cosas malas que pueden parecer pequeñas derrotas, pero cuando se analizan desde el futuro y se conectan todos los sucesos, se entiende que esos pequeños o grandes tropiezos, fueron pasos claves en el cumplimiento de un camino.

¿Por qué la expulsión del colegio Americano, a sus 15 años, fue uno de los detalles del destino que le permitió a Douglas Bastidas cumplir sus sueños con la música?

Se había fugado muchas veces, iba con sus primos y compañeros del colegio a ver los ensayos de Abraxas. La banda de Willy tocaba rock de Led Zeppelin, Black Sabbath y Rush, los máximos exponentes de la década de los setentas e inicios de los ochentas. Eran las baterías y las guitarras que inundaban al mundo y, para Douglas, una base elemental del rock se le iba metiendo como nueva sangre por las venas.

Mientras todos escuchaban fingiendo tocar una guitarra invisible y tarareaban un inglés casi desconocido, él miraba en silencio, sin pestañear, y sin saberlo acumulaba acordes, riffs, que con el pasar de unos pocos años se procesarían en su cerebro, junto a otros roqueros y baladistas que, con nuevas cadencias, configurarían su propio estilo.

Esa vez había sido distinto, era la semana de exámenes para pasar de tercero a cuarto año, y Douglas ni se había enterado, pensaba que estaba de vacaciones y nunca se presentó, estaba concentrado componiendo su primera melodía, que poco después sería la base musical para su primer grupo.

Sus padres recibieron la notificación de que tenía una oportunidad para dar los exámenes, pero que no sería recibido el siguiente año en el colegio. Su padre no lo interrogó ni se molestó, ya que realmente era un alivio para la economía familiar, cuyas urgencias se estaban agravando. De todas formas, ya sabían, que el hijo mayor era el único problema de la casa.

Fue inscrito en el Colegio Miraflores, un nuevo colegio de la clase media de Guayaquil, al que por algún motivo también le siguieron sus primos y algunos amigos, conformando la primera promoción.

Se habían terminado las fiestas y la farándula del colegio Americano, la vida social era muy intensa y no le permitía mucha concentración, en el Miraflores había muy pocos alumnos y actividades. Entonces, aunque se cayó su primer proyecto de novia, a quien tenía entusiasmada con la música, empezó a tener más tiempo para dedicarse a estudiar y a tocar.

En algunos eventos culturales se animó con **Yesterday** de los Beatles. No lo hacía espectacular, pero llamaba la atención a muchas. Esa sería una canción muy importante para el resto de su vida, porque fue la primera que tocó y cantó sólo, en un escenario.

Cierto día en el recreo del Miraflores estaba sentado en una banca del patio, cuando un compañero a quien no conocía, se acercó y de golpe, con una voz ronca, le soltó:

—Bien, Douglas, tocas bien; yo soy baterista, ¿Qué tal si armamos un grupo?—

Era José Manuel Valdivieso quien sería su primer compañero de música.

—Bacán, pero necesitamos un cantante, porque yo no canto bien— respondió Douglas de inmediato y sin emoción.

A lo que José Manuel sugirió:

—Mi primo Miguel es compositor y cantante—

—Ah, qué bien, yo tengo un primo que podría tocar el bajo, se llama Luis Tazan, está en mi curso— concluyó Douglas.

Entonces, como guitarrista, inauguró su primer cuarteto. Apenas con 15 años se dedicaron a componer y a hacer arreglos. Douglas ya tenía en su cabeza algunas melodías, pero Miguel Valdivieso había compuesto algunas canciones de blues y rock, entre ellas: **El Tren** y **El Químico**, las que armaron y arreglaron en interminables ensayos.

Tocaron muy poco, se presentaron nada más en un par de fiestas, una vez en la playa y en la kermés del colegio. Douglas desde ese momento ya lo había decidido, se dedicaría a la música el resto de su vida; por lo tanto, se lo tomaba muy en serio.

Cierto día en un ensayo tuvieron la visita de un joven llamado Reynaldo Egas quien tenía muy buena pinta de artista y estaba buscando canciones para proyectar su carrera. Le gustó mucho *El Químico* y, con ella, al poco tiempo se haría famoso a nivel nacional.

Si yo fuera químico nuclear
Inventaría la fórmula ideal
Y mezclaría la paz con el amor

Podría parecer que Factory no tuvo ninguna relevancia en la historia de Tranzas más que el de ser un pequeño laboratorio donde entendió la magia de armonizar una voz, con una batería, un bajo y una guitarra. Sin embargo, la verdad es que esta banda era una de las hélices que más adelante completaría el ADN de Tranzas.

Fue por esa época también cuando, en el pequeño mundo del rock guayaquileño, asistió a una fiesta de colegio y vio al primer "rockstar" que conocería en su vida. Era un pequeño y apuesto bajista, vestido con gafas y ropa de cuero, en medio de una canción "heavy", tomaba un poco de gasolina y se convertía en un lanzallamas humano.

Y por esos caprichosos desvíos del destino, Douglas pasó de Black Sabbath a ser el líder de la banda de la iglesia que quedaba cerca de su casa, porque *Paranoid* de Ozzy Osbourne y *Vienen Con Alegría* de la Misa casi siempre se han tocado, con los mismos instrumentos.

Douglas, desde que tuvo uso de razón, siempre estuvo enamorado; aquel era su estado natural.

Por algún motivo desconocido, fue desde siempre su máxima noción de la belleza: rubia, alta, de ojos claros. Paola era la chica que más cumplía ese perfil en el colegio Miraflores y, por fortuna, había quedado muy enganchada de la canción de los Beatles cantada por ese muchacho delgadito que tenía la voz muy suave. Con ayuda de una prima, había conseguido invitarla al parque un par de veces, le había escrito cartas casi a diario, y cada vez que la veía le tarareaba alguna canción.

Un domingo por la tarde de aquel año la invitó al cine Lido al Sur de Guayaquil. Él estaba vestido con la camisa de solapas abierta hasta el pecho y trataba de peinarse como John Travolta, ella, con un vestido acampanado, se veía inocente y hermosa, con el cabello rojo como estaba de moda. Pero la vida real no era como la de las películas. Cuando terminó la función tuvo que regresar solo, ella no quería ser acompañada y con su actitud había dejado en claro que sería la última salida. Es lindo y romántico, pero muy intenso, les diría la chica a sus amigas, poco después.

Mientras regresaba a su casa caminando, pensando que se iba a morir y recordando las melodías más tristes de la película, pasó frente a una Iglesia donde se estaba celebrando una Misa. Nunca había sido religioso pero algún extraño impulso lo obligó a entrar. Se sentó atrás y escuchó toda la homilía, por algún motivo le encantó, tal vez era lo que necesitaba, alguna palabra de aliento.

Cuando llegó a su casa su padre lo estaba esperando:

—¿Qué? ¿La película duró cuatro horas?

—No papá, estuve también en la Misa —respondió Douglas, mientras caminaba moribundo a su habitación.

—¿Cómo así? —preguntó Luis Arturo siguiéndolo.

—Estuvo chévere, el curita predica bien —respondió sin darle la cara llorosa a su papá.

—El siguiente domingo te acompaño —sentenció su padre un poco incrédulo y con la certeza de que a su hijo le pasaba algo.

Y sí le pasaba algo, el monstruo musical de cuatro cabezas que ya le había nacido hace algunos años en el corazón, empezaba a crecer y no tenía la menor idea de cómo controlarlo, de cómo haría para que no lo carcoma por dentro, porque la angustia del desamor era como el fuego que lo alimentaba.

El domingo su padre lo acompañó, y en efecto, pudo comprobar que el sacerdote no sólo tenía vocación, sino talento.

Al final, luego de la bendición, el párroco dijo:

—Queridos hermanos, necesitamos voluntarios para la banda de la Iglesia, hemos adquirido nuevos instrumentos, pero no tenemos músicos, quien sepa tocar algún instrumento o cantar, le exhortamos a que tenga el espíritu de David, cantor del Señor...

Entonces el padre tomó el brazo de Douglas y lo levantó, antes de que el pudiera reaccionar.

—Gracias hijo. —exclamó entusiasta el sacerdote— Miren, ahí tenemos a un joven de fe que ofrendará su talento para alabar a Dios.

Todos los asistentes a la misa lo miraron y luego aplaudieron, siendo ese el primer aplauso masivo que tendría por aquellos años, aunque las circunstancias no eran precisamente las de una estrella de rock.

Entonces Douglas, ruborizado, dijo casi en un susurro:

—Que linda mi suerte, ¡carajo!

Pasado el bochorno del primer día, el ensayo fue muy agradable, había un par de chicas bonitas y el resto de jóvenes tocaban bastante bien. Rápidamente se convirtió en el líder y a la segunda semana llevó a su primo el bajista de Factory.

Los instrumentos eran nuevos y se respiraba un buen ambiente, aparentemente sano. Los martes tenían reflexión y estudio bíblico. Las canciones suaves le gustaban, su voz se adaptaba a ellas.

En ese momento, a inicios de los ochentas, además del rock latino ya estaban pegando duro cantantes como Franco De Vita, José

José, Charlie García con Sui Generis, quienes incluían otras cadencias más suaves y letras en español llenas de contenido romántico.

Con aquel grupo de la iglesia empezó a cantar y a tocar otro tipo de música, ya no solo el rock estridente de los setentas. Muchas ideas y nociones musicales nuevas llegaron a su mente; aunque él no lo sabía, su cerebro continuaba almacenando melodías como si fueran pequeñas piezas de una sólida estructura que luego encajarían perfectamente armonizadas.

Todo estaba tranquilo en su entorno, como en una novela de adolescentes rosa, pero eran los años ochentas. Ecuador era gobernado por León Febres Cordero, quien había establecido mano dura contra el terrorismo naciente, y bajo el lema de ***"yo no me ahuevo jamás"*** inspiró una década en la que hasta el más tranquilo daba bala y el más pacifista se fajaba a puñetes. Este fue el caso del Padre Carlos Eduardo, que por defender a Douglas reventó a trompadas a uno de sus feligreses.

El sacerdote supo, desde la primera vez que trató a Douglas, que aquel chico era diferente. No solo era líder, sino que tenía mucho talento, y además poseía una aguda inteligencia pero, claro, como todo adolescente y en una década tan compleja, tenías sus particulares revoluciones.

Douglas y sus primos con los que siempre andaba, eran amigos de todos los sonidistas, ingenieros, técnicos, cantantes, compositores, guitarristas, bajistas, y en general de todo aquel que estuviera vinculado con cualquier tipo de expresión musical de Guayaquil. Gracias a esa gran red de contactos podían entrar a cualquier concierto de la ciudad, gratis.

Siempre estaban metidos en el "backstage" para divertirse, pero también para aprender, preguntaban todo para entender de producción, sonido y sin darse cuenta esa obsesión con la música los iba formando más que cualquier otra cosa. Estuvieron en el de Soda Estéreo, Enanitos Verdes, y otros artistas importantes de la época.

Pero esa noche fue distinto. Franco De Vita había llevado a todo su equipo, hasta los guardias eran venezolanos. Por más que dieron la vuelta al estadio Modelo revisando todas las puertas y entradas de servicio, no encontraron una sola cara conocida.

Con su primer disco como solista, y canciones como **No Hay Cielo, Seré Un Buen Perdedor**, De Vita estaba reventando a toda América, ganando discos de oro por doquier, y así mismo estaba alimentando con un nuevo tipo de comida a la bestia que le crecía a Douglas por dentro.

Eran seis y habían ido en el Lada de su primo Luis. Entre todo el dinero que llevaban solo les alcanzaba para una entrada, por lo tanto, se tuvieron que conformar con una botella de trago, y el sonido que les llegaba hasta el estacionamiento.

A la mitad del concierto Douglas recordó que, Sofía, la más guapa de la Iglesia había mencionado que asistiría a una fiesta en la ciudadela La Garzota. *Tal vez la noche no estaba perdida*, pensó. No había encontrado aún la ocasión de invitarla a salir, aunque a ella le llamaban la atención sus habilidades musicales, las letras de la Iglesia eran lo contrario de conquistadoras.

Dieron muchas vueltas en La Garzota hasta que descubrieron de dónde salía la música. El plan de Douglas era pasar por ahí, saludar desde el carro y si veían la oportunidad se daban otra vuelta y bajaban. En esos años en Guayaquil, pocos adolescentes de 16 años podían andar en vehículo y menos a medianoche.

Pero sus primos tenían un plan secreto, elaborado con señas desde que encontraron la fiesta. Se parquearon, sacaron la guitarra, un amplificador y una extensión que conectaron pidiendo permiso como si fueran invitados.

Douglas los miró sorprendido, negando con la cabeza. Era tímido, pero con una guitarra en la mano, no tanto.

—Sofía, esta canción es para ti. —gritó Jorge, el hermano de Luis Tazán— Con ustedes, Douglas Bastidas

En ese momento Douglas estaba en pánico y no sabía qué tocar, pero como él había nacido para eso, rápidamente se calmó, empezó a rasgar las cuerdas y recordó la canción de José José "Esta noche te voy a estrenar" del álbum "Secretos".

"No me dejas que te toque
Ni la sombra de tu pelo
No me dejas que te roce
Tu mejilla con un beso..."

Sofía desde una ventana lo veía, primero sonreída nerviosa, luego emocionada. Pero el resto de los invitados lo miraban de piedra, tensos.

Si bailamos abrazados
Siempre estás diciendo menos
Si me quedo con tus manos
Las retiras al momento
Ya está bien de niñerías
Ya está bien de tanto miedo
Ya no soy ningún muchacho
Sabes que te deseo
Y en el fondo estás lo mismo
En el fondo estás pidiendo
Que te llene de caricias...

En ese momento le saltó encima un mastodonte que lo tumbó, apenas se pudo proteger con la guitarra, y mientras algunos invitados sostenían al atacante, Douglas escapó y se tiró dentro del vehículo. Como en una operación sincronizada, sus primos desconectaron los equipos y emprendieron la huida, atacados de tanta risa, casi no podían ni manejar.

Resultó que Sofía tenía novio, y era el cumpleañero.

Al día siguiente en medio del estudio bíblico, llegó el mastodonte a buscarlo y mientras Douglas articulaba unas disculpas lastimeras, el padre Carlos Eduardo salió en su defensa, remangándose la sotana. Tal era la rabia del novio humillado que le dijo:

—Quítese, padrecito, sino también usted llev...

Pero antes de que pronunciara la última vocal, el padre le aplicó una combinación, izquierda, derecha y gancho, dejando fuera de combate al enome muchacho.

El pobre gordo quedó en el piso convulsionando, su nombre era Roberto Salazar, y había sido hijo de una familia de abogados muy devota de esa iglesia.

Esa fue la última vez que se reunió el estudio bíblico. Unos apoyaban a Douglas y otros a Roberto. Ese domingo sería el último en el que predicó el padre Carlos Eduardo y luego de pasar por un fuerte llamado de atención canónico, fue trasladado a una parroquia de la Amazonía ecuatoriana.

La que no sería la última, era la bronca que Douglas armaría con el pretexto del amor a una melodía y a una bella dama.

1986

La otra hélice del ADN de Tranzas también se originó en una Iglesia, pero no católica sino bautista. Se llamó Trans Am y era la banda que tenía Troi Alvarado, conformada por Alberto Vicuña como guitarrista y David Rodríguez de vocalista, todos estudiantes del colegio Liceo Naval.

El pecho le reventaba a Troi con el rock Latino de Soda Estéreo, Los Prisioneros y con todo el rock pesado que venía acumulando durante la última década. Había escrito algunas letras sin música, entre esas ideas estaban: ***"Qué Dirán" y "Plástica"*** inspirada en el nuevo estereotipo de muchacha materialista.

Le había dado vueltas durante mucho tiempo a las palabras de una amiga, llena de ademanes:

A ver veamos ¿cómo es?
Ay, no ¿Yo? ¿En buseta?
¡Ja! ni loca, nada q ver, no ni loca ni loca...

Por algún motivo sentía que ahí había una canción, entonces le preguntó a su hermana cómo era una chica plástica, y ella automáticamente le dio las pistas para la letra de lo que sería el mayor éxito de su carrera.

Con esa letra que al inicio fue lenta y luego se convirtió en un rock rápido, anduvo durante un año en peregrinaje buscando como ponerle música y arreglos.

En esa búsqueda abordó a Reynaldo Egas, quien estaba pegando en todo el país con ***"El Químico"***, y a la salida de un concierto le dijo:

—Reynaldo, tengo una buena canción, quisiera que me ayudes, ¿quién te hizo los arreglos? ¡Que buena canción!—

—Hay unos flacos en el Miraflores. —respondió Reynaldo mientras se subía a un carro— ¡Muy buenos! —cerró la puerta y se marchó.

Al día siguiente Troi faltó a clases y se fue al Colegio Miraflores.

Esperó la hora de recreo y preguntó por la banda del colegio, le dijeron que casi siempre estaban en la sala de música, y tenían razón. Ahí encontró a Douglas, pero estaba solo, tocando y cantando algo inentendible y agudo. Era una canción para Sofía, ya que luego del relajo en la Iglesia le había dado una oportunidad que duró un mes, pero por algún motivo desconocido ella ya no quería saber nada de él.

Se sorprendió porque lo reconoció. Era el mismo flaco al que había escuchado interpretar muy bien, en la playa, la canción **In The Mood** de Rush.

Troi susurró para sí:

—Este man tiene full talento, y la guitarra suena excelente—

Entonces le interrumpió:

—Disculpa pana, Reynaldo Egas me dijo que eras un excelente músico, necesito que hagas la música para algunas letras, tengo un concierto en dos semanas, me podrías echar una mano—

Entonces Douglas también lo reconoció, era el sorprendente "rockstar" que había visto botando fuego, y literalmente eso que le decía era música para sus oídos.

—Claro loco, encantado, ¿cómo te llamas?—

—Soy Troi Alvarado y tengo un grupo que se llama Trans Am en el Liceo Naval

—Trans Am, ah, como el carro, yo Soy Douglas Bastidas, mi grupo se llama Factory, mucho gusto

Se dieron la mano, sin sospechar siquiera que, en ese segundo, estaban combinando las dos hélices que formarían el ADN de Tranzas y que, a pesar de tener algunos problemas normales de la vida, durante los siguientes 33 años serían amigos inseparables, casi como hermanos.

Y aunque Douglas por sí mismo sería el gran compositor que rompería todos los récords de la música, Troi sería el amigo que lo sostendría en los peores momentos, y que lo empujaría a romper sus propios límites, y también viceversa. Troi era uno de aquellos elementos inherentes al destino. Nunca se sabrá si Douglas hubiera hecho Tranzas sin Troi, pero lo más probable es que no. Lo que sí está claro es que nunca hubiera existido un Tranzas sin Douglas.

—Bueno ¿qué tienes? —Le invitó Douglas a cantar entregándole la guitarra eléctrica.

Troi era bajito, cabezón, de pelo largo, no tenía pinta de artista, pero cuando empezó a tocar **"Plástica"** se transformó. Esa guitarra no se entendía, pero tenía mucha energía, y la letra era mágica, porque su sátira de falsos valores, representaba a una gran proporción de la nueva generación de jóvenes y los sensatos la necesitaban como arma o simplemente como una gran crítica cantada.

> *Eres una chica*
> *Muy civilizada,*
> *Si él no tiene carro,*
> *Te haces la cansada je*
> *Todo te da asco,*
> *Odias el relajo,*
> *Escoge a tus amigos*
> *Que todos tengan carro*
> *Tu ropa es comprada en NY*
> *Te derrites cuando sale el sol*
> *Plástica*
> *Con todo el mundo,*
> *Plástica*

Douglas quedó impresionado, pero no tanto como para pensar que aquella canción sería un himno del rock ecuatoriano de aquella década y de la siguiente, ni mucho menos se imaginó que con aquella canción iban a ser número uno en todas las radios nacionales, apenas seis meses después.

—Entonces ¿Vienes a ensayar con nosotros? —le preguntó aún agitado Troi.

—Con una condición —respondió Douglas con su característico ceño fruncido— cámbiale ese nombre, es una banda no un carro, yo le pusiera *Tranzas*, como la canción de Charlie García.

Troi sonrió y concluyó:

—Eso no va a pegar

1987

Después de que Douglas y Troi se conocieron, todo empezó a pasar más rápido. El grupo se había armado de inmediato.

Ningún joven de 17 años está preparado para hacer gritar de emoción a todo un colegio. Eso fue lo que sucedió en el Colegio La Inmaculada cuando 700 niñas perdieron el control.

Llegaron a la kermés en bus, cargando sus equipos con bastante dificultad. Entraron como cuatro chicos invitados normales, caminando por las canchas del colegio conversando tímidamente entre sí.

No eran amigos de nadie ahí. Douglas nunca lo supo, pero la recomendación para que den ese primer concierto la había hecho el padre Carlos Eduardo. En la programación ni siquiera constaba su nombre, solo decía "presentación musical", ya que el profesor a cargo del programa no había entendido cuando habían puesto Trans Am, y ante la confusión de ver la marca de un automóvil en lugar de un grupo de música, prefirió no poner nada.

Primero hubo un show de magia, algunos concursos de habilidades manuales y deportivas, y de repente el primer Tranzas de la historia: Douglas Bastidas en la guitarra, Troi Alvarado con el bajo, Jorge Ponce en la batería y David Rodríguez como vocalista. (Alberto Vicuña no participó, porque quería ser guitarrista y a Troi no le pareció bien, ya que necesitaba el talento de Douglas).

Vestían chaquetas y pantalones ajustados de jean, por dentro camisetas sin mangas, con estampados de bandas de rock y botas de cuero.

Con una intro de batería inspirada en Los Prisioneros y una guitarra 'sodaestereana', la primera canción fue ***"Qué Dirán"***.

Miles de chicas, preocupadas están
Porque yo soy roquero y no de clase social

Temen perder su prestigio y dinero y no importa
Sentimientos
Evitaré la cara de su mamá, cuando me aparecí en la fiesta
familiar
Se sorprendió y ella le contestó, no me importa
Así lo quiero...

Dos días antes Douglas, le había puesto la melodía, había hecho los arreglos musicales y unos pequeños cambios en la letra, seguramente inspirados en Sofía. (No se imaginaba en ese momento que muchos años después sería gran amigo de su ídolo, Jorge Gonzales de Los Prisioneros)

Después, tocaron "covers" de rock en inglés y los ánimos del público se iban calentando.

Luego Troi empezó a dar pequeños saltitos como si tuviera un resorte en las botas de cuero y en sus primeros pasitos de carisma y manejo del público, gritó:

—Y ahora vamos a cantar una canción que habla de esas chicas materialistas, señoras y señores, con ustedes: ***Plásticaaaaa...***

Y David Rodríguez empezó a cantar.

Entonces el resto del grupo tocó un rock de fuerza armónica, jamás escuchada en vivo en el Ecuador. Inmediatamente todas las chicas del colegio empezaron a convulsionar al ritmo de la guitarra, el bajo y la batería, y aunque un poco al disimulo, hasta las monjitas se empezaron a mover como si tocaran la guitarra.

Por primera vez en 87 años de historia, ese colegio religioso tan famoso por su estricta disciplina, fue una completa locura.

El escenario estaba en medio de las canchas y cuando intentaron bajar casi mueren aplastados. Troi perdió un gran mechón de cabello y Douglas jamás volvió a ver su chaqueta jean.

Desde ese momento la guitarra de Douglas, a pesar de ser una vieja Lion, empezaba a generar magia, y durante los siguientes 33 años, cerraría todos sus conciertos con aquella canción.

¡**Plástica** pegaba! Habían trabajado la letra de Troi en un ensayo. Douglas hizo el "riff", los arreglos de guitarra, y cada quien había puesto lo suyo. Era una canción de banda que los había sorprendido a ellos mismos.

Ese día, el mayor de los hermanos Bastidas, sintió algo más que la emoción de cuando tocó **Back in Black**. Sintió por primera vez la adrenalina de la fama y de cómo la emoción de las masas también puede ser una droga, a veces mucho más potente que un narcótico. Y quizá por esa potencia, sus neuronas y sus sentidos fueron forzados para desarrollar el talento nato y componer las mejores melodías románticas que durante tres generaciones serían la banda sonora de todas las historias de amor del Ecuador y de muchos países de Latinoamérica.

Al día siguiente, cuando llegaron a ensayar emocionados por el triunfo de la kermés, encontraron a Troi sentado en el suelo, con todos los instrumentos en la vereda de su casa. Conquín Alvarado, su padre, no quería que fuera músico.

Por fortuna Jorge Ponce, el acomodado del grupo, había llegado en el automóvil de su madre, embarcaron los equipos y se dispusieron a tocar todas las puertas de sus amigos para encontrar un lugar donde ensayar.

Iban en el vehículo, callados, tensos porque no sabían si ese sería un golpe mortal para el grupo, que realmente aún no iniciaba, cuando escucharon a un locutor en la radio que decía:

—*No te pierdas el Rock Total de Salinas, el 10 de marzo, estarán los mejores roqueros ecuatorianos, ¡Te esperamos!*

—¡Que bacán! —dijo Jorge— Consigamos las entradas a ese concierto, tenemos que estar pilas de lo que están haciendo las mejores bandas de rock.

A lo que Douglas, muy serio, respondió:

—No seas pendejo, nosotros somos la mejor banda

El resto guardó un silencio sorprendido, porque pensaron que el nuevo integrante era demasiado presumido, apenas llevaban una semana como grupo y tenían dos canciones remendadas.

Jorge era de carácter fuerte e impulsivo, Douglas lo contrario, pero desde ese momento empezaba a demostrar que, con respecto a la música, sabía tomar decisiones. Pasarían siete años para que se dieran cuenta que aquel flaco no estaba bromeando, y que sabía muy bien lo que hacía desde que era un adolescente.

Encontraron un garaje disponible en la casa de los hermanos Tazán, primos de Douglas. Desde esa tarde ensayaron para Salinas. Lo hicieron de manera muy disciplinada y obsesiva, a tres jornadas. Terminaban muy cansados y con las mismas dos canciones, cada vez sonando mejor.

Poco después, luego de una larga gestión de Troi, se inscribieron en el concierto.

Los Tazán decidieron no tocar, no se sentían listos para un concierto grande, sin embargo, hicieron algo fundamental, más allá de haber dado el local: los alimentaron durante un mes y aguantaron sus gritos, enfrentándose a vecinos y padres para que nadie los molestara.

Troi Alvarado, Douglas Bastidas, Jorge Ponce y David Rodríguez, llegaron a Salinas la noche anterior al concierto y se quedaron en el Hotel Suites Salinas. Douglas no durmió. Se enteró que habría más de 2.000 personas en la playa para escucharlos. Estaría Reynaldo Egas, Clip, Taller, todos los pesos pesados del rock nacional, por lo que estuvo practicando en su mente toda la noche.

Se levantaron temprano porque Troi quería mostrarles el pequeño yate que su papá tenía acoderado en el muelle del club de Salinas. Tocarían a las tres de la tarde, y el sol estaba ardiente. Cuando subieron al yate anclado, vieron el escenario montado y a varios grupos ensayando.

Eran tan novatos que no sabían que tenían que hacer pruebas de sonido, y encargarse de todos sus equipos. Entonces, casi en pánico, fueron corriendo al hotel a ver los instrumentos para prepararse. Al mediodía, cuando les dieron chance de hacer sus pruebas, ya había un murmullo que Troi calculó de unas mil personas, porque eran más que las del colegio La Inmaculada, su única referencia.

El sol seguía intenso, como siempre en estas playas ecuatoriales, y la emoción empezaba a sentirse en el viento del Pacífico.

A las tres en punto de la tarde, estaban listos en una carpa detrás del escenario. Eran mucho más jóvenes que el resto de músicos y vestían camisetas sin mangas, de colores claros como las de Freddie Mercury. De repente, al mismo tiempo en que una punzada le llegaba al pecho a Douglas, los anunció un animador que parecía de circo:

—Señores y señoras, Rock Total Salinas presenta a un cuarteto nuevo que viene reventando los colegios de Guayaquil, con ustedes: Tranzas.

Douglas miró a Troi y sonrió porque en ese momento se enteró que su nuevo amigo había registrado al grupo en el evento, con su nombre propuesto y desde ese día, nombre oficial.

Entonces subieron a su primer gran concierto.

Cuando aparecieron ahí un poco desnutridos y mal parados, la gente dejó de aplaudir y un silencio raro se esparció en el ambiente.

Entonces empezaron con la canción *"Qué Dirán"*, pero mucho más trabajada y potente, aceptable, porque la vocalización de Rodríguez era buena para ese tipo de rock. Luego cantaron *Quien mató a Marilyn* y *Paramar* de los Prisioneros.

En ese momento Douglas sintió algo nuevo, era como si su cuerpo estuviera conectado a los cables. Una corriente extraña recorría su cuerpo y se sentía parte de los instrumentos, no solo de la guitarra que él tocaba, sino del resto. Como si la música estuviera dentro de su corazón y saliera desde ahí por medio de cables hacía toda la banda. Además, empezó a cantar en conjunto con el vocalista, pero sin micrófono, entendiendo desde ese minuto que él lo podría hacer mejor.

Cuando tocaron ***"Plástica"***, pasó lo que había pasado en La inmaculada que, literalmente, había sido un baile de monjitas. La playa, el sol, el viento, la banda y la gente se convirtieron una sola masa amorfa de gritos y contorsiones roqueras, poseídas por la guitarra de Douglas y la composición de Troi.

La pasión y la fuerza musical de la recién nacida Tranzas, fue in crescendo durante toda la canción en conjunto con la energía del público, que parecía corear un clásico y cuando terminó con la frase:

—Plástica, y no te quiero asííí...

Un solo de guitarra de Douglas dejó a todo el público electrificado, en un estado animal, primitivo, con ganas de agarrarse de los pelos unos a otros.

Cuando bajaron del escenario, felices para abrazarse en las carpas, un joven señor que parecía ser uno de los organizadores, les dijo:

—Parece que no saben lo que tienen, graben esa mierda de inmediato.

Era Jaime Lam, quién más adelante, por un breve lapso, sería su 'manager'.

Lo que nadie sabía en ese momento, era que lo que había mostrado Tranzas y Douglas, no era ni el uno por ciento de lo que vendría en los próximos 33 años.

Esa misma semana, por intermedio de Troi que era el hombre de los contactos, fueron al estudio de los hermanos Bolaños en Guayaquil: Océano Récords.

Para su suerte, los hermanos Roberto y Freddy, habían estado en el concierto de Salinas.

Impresionados con las dos canciones, le comentaron a Roberto Bolaños padre, sobre el potencial de la banda. El estudio decidió apoyarlos de inmediato, con pocas condiciones y una producción básica de los dos demos.

Pero ni esas pocas condiciones tenía Tranzas, porque algo había que pagar. Aunque el papá de Troi no quería que fuera músico, al ver su interés, cinco años atrás le había comprado una batería. La cargaron y fueron juntos a venderla, pero nadie quiso comprarla porque estaba demasiado vieja, entonces se la llevaron a Roberto y arreglaron el trueque más por lástima que por conveniencia: batería destartalada, a cambio de los dos demos.

Tuvieron que programar las baterías y tocar por primera vez en un estudio, y a pesar de todos los errores e inexperiencias, el resultado fue bastante aceptable para el momento.

Les entregaron cuatro casetes, que recibieron emocionados como si fueran un tesoro, no podían creer que en tan corto tiempo ya eran un grupo de verdad con música propia. No podían creer que, en aquella cajita de plástico, se pudiera encerrar a cuatro almas, a cuatro talentos y al futuro incierto de una banda.

Aprovechando un contacto familiar de Jorge, trataron de participar en la Teletón de TC Televisión, pero el contacto no sirvió. Estuvieron parados todo el día, bajo el sol de Guayaquil, con sus casetes en la mano, y no los dejaron entrar.

Una semana después fueron esperanzados, con los demos llenos de fallas, con el corazón en la mano y con la adrenalina residual de los dos primeros conciertos, a una de las principales disqueras: Fediscos.

Los recibió en su oficina Rocío Armendáriz, la gerente de la empresa. Escuchó los demos en silencio, llamó a dos personas más y repitió *"Plástica"*. Eran como padres esperando a que los doctores, luego de escuchar en el estetoscopio, digan el diagnóstico final de su hijo.

Rocío se levantó, y les dijo sin emociones aparentes:

—Chicos, son buenos, pero yo tengo muchos artistas de rock latino, estoy buscando otra cosa por ahora.

A los cuatro se les cayó al piso el orgullo adolescente y esa emoción ingenua, que casi no les permitía ni respirar.

Pasaron de súbito a la decepción. Pensaron al mismo tiempo, que seguramente no eran tan buenos y que aquella dama con uno de los oídos más prestigiosos del país, estaba siendo compasiva con ellos por educación.

Cuando salieron, totalmente desconcertados, como huérfanos sueltos en alguna ciudad desconocida, se pararon en la esquina sin la menor idea de que iban a hacer a continuación. A Douglas, todo el vacío y la angustia de alejarse de la música, le provocaron náuseas.

Entonces el guardia de la disquera salió y les gritó:

—¡La señora Rocío los llama!

Troi dijo:

—Esperen yo voy —y entró casi corriendo.

Salió de inmediato con una sonrisa llena de ilusión, indicándoles un papel en el que había escrito un número de teléfono:

—¡Me dijo que llamemos a Ifesa, que tal vez a ellos les interese!—

Un aliento esperanzador regresó a todos.

Luego de 10 minutos en la primera cabina telefónica que encontraron, llamaron al Chinche Varas, principal ejecutivo de la otra disquera.

Fueron de inmediato en el San Remo viejo de Troi, y ese mismo día, por la tarde, el equipo completo de Ifesa (incluida Leticia, la Princesa, hija del dueño), escuchó los demos. Al terminar la música, el Chinche se levantó, les estiró la mano y les dijo:

—Esto hay que sacarlo ¡ya!

El sueño empezaba. La disquera les propuso regrabar los temas en una mejor calidad, pero el material inicial ya lo habían borrado en Océano Récords. El tiempo apremiaba, cada vez llegaban más canciones de rock latino extranjero, como Mecano, Hombres G, Ilegales, entre otros. La competencia era muy dura, así que había que moverse.

Entonces, nuevamente pletóricos, firmaron su primer contrato el 10 de abril de 1987, solo un mes después del concierto en Salinas y con apenas 17 años en promedio.

Remasterizaron los primeros demos y salieron con su primer disco de 45 rpm, con dos canciones: *"Qué Dirán"* del lado A, y *"Plástica"* del lado B.

Otro mes después sin que se den cuenta, mientras seguían su rutina de cantantes colegiales, una vez pasada la emoción del disco, de repente estaban causando furor en las radios, eran número uno en todas, principalmente con el lado B, *"Plástica"*.

Cierto día mientras regresaban de la disquera en el San Remo de Troi, de repente escucharon **Qué Dirán** en la radio, casi se estrellan y tuvieron que parquear el vehículo mientras se abrazaban y se golpeaban emocionados.

Nuevamente el ego empezó a subir como espuma.

El papá de Troi, arrepentido y con uno tono de inocencia, le dijo:

—Tu canción está sonando en todos lados, en las radios y en las fiestas de Urdesa; deberían venir a ensayar a la casa.

Sabían que se estaban haciendo famosos y que al parecer tenían mucho talento, lo que no sabían era que el éxito temprano, a veces podía ser un peligroso enemigo cuando no se han establecido las bases correctas de la producción artística.

Lo que vendría a continuación sería un sueño emocionante que duró muy poco tiempo, dando paso a una pesadilla musical de casi siete años para la que ninguno de ellos estaba preparado.

—¡Estamos número uno en todas las radios del Ecuador!

Entró gritando emocionado Troi.

Estaban nuevamente ensayando en su garaje. Mientras tocaban, se miraban sonreídos y sentían que estaban en la cima del mundo.

Era verdad que la canción tenía magia, pero necesitaban más, y en ese momento estaban tratando de darle música a algunas letras compuestas por Douglas.

Luego los interrumpió una joven alta y rubia que entró por la puerta abierta del garaje y les dijo como si fuera un robot con un acento extranjero:

—Soy Bahiyyih Mahoney, de Ifesa, manejaré su agenda de medios, desde mañana tienen entrevistas en todas las radios y saldrán en un par de programas de televisión, además el siguiente mes abrirán el concierto de Mecano.

—¿Mecano? —preguntó Jorge sorprendido— ¿El grupo español?

—No, Mecano de Nobol —respondió Douglas irónico, sonriendo y mirando intensamente a la muchacha.

—Esto es como un sueño —continuó Jorge.

Entonces, en lugar de analizar el momento y la espectacular noticia que acababan de recibir, Douglas estaba en su mundo captando todo lo que recibía del ambiente, pero no en la misma frecuencia en que las recibía el resto. Las palabras se convirtieron en dardos que se le clavaron en el corazón, así como se le clavarían miles de frases y melodías más durante el resto de su vida. Músicas que no sabría desde qué misterioso lugar llegaban a su cerebro, con las cuales pariría por las noches, encerrado y de parto natural, aquellas melodías que inspiraron a varias generaciones.

Pero para que su mente se sintonice en la frecuencia astral de la composición, siempre tenía que existir una mujer, normalmente rubia, que le conectaba a su esencia romántica.

—Sueño... somos estrellas viviendo un sueño, un sueño astral —dijo Douglas— Así se llamará nuestro disco: ¡Sueño Astral!, ¿te gusta Bahiyyih?

—Parecerá música para drogadictos —respondió muy seria la joven.

Mientras todos reían a carcajadas, Douglas los calló con una mano y sentenció sonreído:

—Bueno, por favor, Bahinoseque, dile a la disquera que en un mes grabaremos un LP completo, y en pocos meses ya no seremos teloneros de nadie.

Sus amigos, y en especial Troi, lo miraron incrédulos. Él había tardado tres años en tener dos canciones, y el guitarrista que no había compuesto casi nada en su vida, quería grabar un LP con diez en un mes, *estaba loco*, pensó.

Nadie dijo nada más, pero todos pensaron que aquel plan sería un desastre, poco tiempo después descubrirían lo que encerraba el **Sueño Astral**.

Troi y Douglas sabían que ya necesitaban a un representante, alguien que firme y consiga contratos para la banda.

Se habían hecho amigos de Jaime Lam, uno de los organizadores del concierto de Salinas desde que les dio su comentario de apoyo. Lo veían un poco mayor y aunque era adicto al rock se veía bastante serio. Pronto se dieron cuenta que estaban muy equivocados. Como el hombre tenía contactos y era el fan más relacionado con el medio artístico que tenía la banda, le propusieron de manera formal que fuera su 'manager'. Lo malo era que ni él ni Tranzas tenían la menor idea de lo que tenía que hacer un representante musical.

Lam resultó ser un gran amigo para las fiestas, pero como 'manager' era un desastre. Rápidamente se convirtió en el capitán del 'crew' de Tranzas, la pandilla que los apoyaba a montar y a preparar instrumentos y escenarios. Desde sus primeros conciertos en los colegios habían sido algunos amigos voluntarios, quienes no solo les ayudaban en el 'backstage' de los conciertos, sino a organizar las fiestas posteriores. Lo complicado de la tarea era que más dedicación y talento invertían en las celebraciones que a veces duraban varios días.

El más talentoso del 'crew' era Ricardo Pólit, un guayaquileño alegre de cabello corto y ojos vivarachos. Tenía muy buen oído musical, afinaba instrumentos y siempre era el primer público externo que escuchaba cualquier cosa de la banda, pero además era el organizador de la farra, un valor agregado indispensable para una banda de pop rock de los ochentas que se respetara. De manera simultánea a la confirmación de algún concierto en cualquier parte del país, inmediatamente se las arreglaba para localizar algún local y armar algo que le diera sentido al viaje.

Era el administrador de la vaca (termino popular ecuatoriano para denominar a una colecta de dinero), que luego evolucionó al FOCA, Fondo Oficial para Cigarrillos y Alcohol. La única regla que había establecido Douglas era que podía utilizarse en lo que sea, absolutamente cualquier cosa, menos drogas.

Ese fondo iba creciendo al mismo ritmo que la fama de Tranzas, y las fiestas también pasaron de ser reuniones de seis amigos con dos botellitas de trago, a épicas parrandas con más de 50 personas, en las que se veían cosas que nadie debería ver y donde no hubo muertos (reportados), porque aún le alcanzaban a Douglas las bendiciones del padre Carlos Eduardo.

El primer contrato que consiguió Lam fue en Portoviejo. Decidieron ir en el San Remo de Troi los cuatro del grupo más Jaime Lam. Pese a que casi no entraban en el vehículo, de repente el 'manager' les dijo:

—Doblen en la esquina porfa, que debemos recoger a alguien

—Si es a una pelada, ningún problema, doble chofer —dijo Douglas a Troi.

Entonces Lam les indicó:

—Ahí, ese es el pana

Todos regresaron a ver a Lam, porque a quien señalaba era a un chico trigueño, delgado, de unos 15 años, que estaba orinando a plena luz del día en un lugar residencial, desde una vereda hacia la calle.

Con incredulidad Troi paró y Lam abrió la puerta. Tuvieron que esperar unos segundos hasta que se sacuda, y luego entró sin saludar, aplastando a todos.

—Él es Fernando Cobos, es tecladista y también ama a los Beatles, ya lo van a escuchar tocar —concluyó el 'manager'.

El chico no habló durante todo el camino y se comportaba como si todos le apestaran.

Llegaron por la noche a Crucita, una playa cercana a Portoviejo. Había poca gente, pero la novedad fue el talento del muchacho en los teclados. Se acopló sin ensayos y con muy poca comunicación. Sabía las canciones de Tranzas y los 'covers' que siempre tocaban, y las había arreglado de manera muy creativa. En aquel concierto la banda sonó mejor que nunca.

Terminaron a medianoche y la multitud rápidamente se empezó a dispersar, dando paso a una playa desierta con un cielo lleno de estrellas. Estaban en una carpa esperando a que el 'manager' regresara con los 10.000 sucres para cada uno, como había sido el trato.

Después de media hora de conversar con el organizador dentro de su vehículo, Jaime Lam salió con las manos vacías, entonces consternado les dijo:

—Nada compañeros, el hombre salió a pérdida, hubo muy poca gente—

En ese momento, Fernando Cobos se paró, tomó un tronco de esos que arrastra la playa, se acercó a la camioneta del organizador, y delante de las pocas personas que aún permanecían en los alrededores, empezó a reventarle los vidrios y las latas con todas sus fuerzas. Primero los Tranzas se quedaron impávidos, pocos segundos después estaban subiendo al San Remo para escapar, asustados por la locura del muchacho, pero antes de que puedan encender el vehículo, éste se subió y les dijo:

—Arranquen, hijos de puta, ya tengo la plata

Fue la primera vez que escucharon su voz.

Llegaron a Guayaquil más con adrenalina, que con gasolina y con el ánimo de banda de delincuentes, más que de música.

A partir de ahí, Cobos no aparecía para todos los conciertos, era una fortuna encontrarlo, hubo meses enteros que no se lo vio; sin embargo, empezó a ser parte de la familia.

Con el que más se hizo amigo Fernando fue con Ricardo Pólit, y eran muy graves esos encuentros "after concert", porque incentivados por el mismo Jaime Lam, desbarataban los hoteles, los pueblos o las casas donde hacían las fiestas.

A Douglas y a Troi siempre les gustó el alcohol y las fiestas, pero tenían un sentido alto de la responsabilidad y estaba muy claro en que las drogas no podían apoderarse del grupo, por lo que debían poner orden como guardias en hora libre de manicomio. No podían más que reírse cuando los encontraban haciendo fogatas en la sala de alguna casa, vomitando en piscinas, o en extraños campeonatos sexuales con fans descarriadas, pero cuando los descubrieron jugando futbol con una pelota de marihuana en un pasillo de hotel estuvieron a punto de expulsarlos del grupo; sin embargo, la fuerza y la velocidad de la juventud resultaban incontenibles.

La noche del 5 de junio de 1987, los integrantes de Tranzas estaban en los camerinos del Coliseo Voltaire Paladines Polo de Guayaquil. Las cosas no solo iban pasando muy rápido, sino que eran increíbles. Apenas unos meses antes habían salido del colegio y eran unos muchachos desconocidos que no sabían qué hacer con sus vidas. No tenían tiempo ni de ponerse nerviosos, y por algunos problemas administrativos no habían podido probar el sonido, ni el espacio en el escenario.

Cuando Ana Torroja y los hermanos Cano, ingresaron al mismo camerino en el que ellos estaban, se pusieron de pie sorprendidos y sin respiración, para saludarlos, pero justo en ese momento entró corriendo un hombre calvo, y exhausto les dijo:

—¡Listos, muchachos, al escenario!

Entonces salieron corriendo y, mientras iban por los pasillos, escucharon:

—Señoras y señores, con ustedes Tranzas

En ese momento supieron que la emoción del Colegio La Inmaculada y la de Salinas habían sido ridículas, esto era público y esto de verdad era la fama. 20.000 personas gritaban con euforia. Aunque eran teloneros sintieron que gritaban por ellos, y no se equivocaron porque cuando empezaron a cantar **Qué Dirán** el coliseo entero los siguió en los coros.

A los pocos segundos de estar en el escenario se dieron cuenta que tenían problemas técnicos, Troi no escuchaba la batería de Ponce, ni la voz de Rodríguez, pero aun así continuaron. La verdad fue que ninguno se escuchaba entre sí, pero la histeria de la gente ante cada canción, se convirtió en el hilo conductor de las armonías. Solo Dios sabe lo que tocaron, pero tocaron como nunca antes en sus vidas.

Y como siempre, cerraron con **Plástica**, generando más euforia que con cualquier canción de Mecano de aquella noche.

Al finalizar el concierto, esperaron al grupo español para conocerlos y Ana Torroja, quien había escuchado atenta su concierto de apertura, los abrazó emocionada uno por uno y al final les dijo:

—Gracias, chavales, que lindos sois.

La española nunca sospechó que pronto se arrepentiría de haberles dicho aquel piropo.

La primera vez que Tranzas sonaría internacionalmente no fue por la música, sino por un tema que también ya rayaba en lo delincuencial.

Mecano viajaba por el mundo con un 'backstage' completo, un avión entero lleno de instrumentos y personal de apoyo, contaban con 20 teclados DX7. Su error fue usar el mismo modelo de teclado que Fernando Cobos.

Al tecladista ecuatoriano se le había perdido un cartucho digital de su DX7 y luego de la despedida de Ana Torroja, dijo:

—Estos manes me robaron mi disquete, por eso estuve perdido con la armonía

Todos lo tomaron a broma, porque ya sabían que Fernando Cobos estaba un poco loco, y no por ninguna droga, sino porque seguramente así había nacido.

Ya cuando iban a salir del coliseo, el muchacho seguía insistiendo en que le habían robado, a lo que todos en coro le dijeron educadamente que dejara de joder.

De alguna manera había logrado convencer a Jaime Lam, quien le acolitaba en la mayoría de sus estupideces, para que vaya sacar un cartucho de uno de los teclados de Mecano. El manager le había hecho caso muy prolijamente y le llevó dos, por si acaso se le vuelva a perder uno. No solo eran aparatos muy costosos, sino que tenían los teclados y las baterías programadas de muchas canciones del grupo español, por lo que el atentado musical era muy serio.

A la mañana siguiente sonó el timbre de la casa de Jorge Ponce, este salió medio dormido y de mala gana a abrir la puerta. Era el mismísimo y legendario Nacho Cano, en el único recorrido que haría por Guayaquil en su vida, buscando furioso sus dispositivos.

Estaba acompañado de un representante de Ifesa y le exigieron una respuesta, aunque el baterista de Tranzas supo de inmediato quién lo había "tomado prestado", era tan leal que ni bajo tortura hubiera delatado a Cobos, por lo tanto, fingió demencia. La cosa se iba poniendo difícil y el músico español muy violento, hasta que tuvieron que intervenir los papás de Jorge, para testificar en defensa de su hijo, amenazando con llamar a la policía.

Mecano tuvo que viajar a Quito sin los cartuchos para su segundo concierto en el país, y no tuvieron tiempo para programar algo que había tomado meses de trabajo, por lo que se presentaron con un sonido desastroso e improvisado. De tanto enojo y tensión, se despidieron con un:

—Gracias, Guayaquil

Por lo que salieron abucheados de la capital del Ecuador.

Los integrantes de Tranzas querían matar lentamente a Fernando Cobos, con algo corto punzante que le cause mucho dolor. Estaban trabajando para ser reconocidos como una banda y el personaje había cometido semejante desfachatez. Por fortuna había tenido el buen criterio de desaparecer.

—Es un inicuo, que no merece estar con nosotros— sentenció Douglas, parafraseando a un político local.

Lo único bueno del episodio es que Mecano llevaría por siempre en su memoria al grupo ecuatoriano, Tranzas.

1988

Luego del primer arranque furioso en la escena musical del Ecuador, la verdad era que Tranzas tenía más ganas que música, y más sueños que canciones.

Pese a que Douglas y Troi trataban de controlar a su 'crew', ya estaban acostumbrándose a los viajes, las malas noches, el trago, a la vida del cantante nacional medianamente bueno, a la que le tenían pánico sus padres. Navegaban en el mar más peligroso de un artista, cada vez con más vida social, y cada vez con menos tiempo para hacer música.

Douglas siempre recordaría esos años, cuando tuvo una confusión de muchas parejas, nunca supo por qué y cuándo empezó y cuando terminó con cada una, o si fueron todas al mismo tiempo. Aunque en ese entonces, era el menos borracho de todos, siempre fue al que más le derritieron las fans.

Lo bueno era que los llamaban para tocar en discotecas, bares, fiestas colegiales de Guayaquil y de otras provincias. Aunque era muy difícil obtener contratos pagados, y muchas veces los estafaban, el dinero empezó a llegar.

Habían planificado hacer un fondo común, para comprar equipos electrónicos. Douglas necesitaba una mejor guitarra con un pedal de efectos, Troi otro bajo y un sintetizador, Jorge nuevos platillos y además quería unos 'rototombs'. Los tres vivían de sus padres, ya que recién iban a cumplir 18; sin embargo, David Rodríguez era mayor que ellos por tres años y padre de familia; entonces, necesitaba el dinero. Ahí empezaron los problemas con el vocalista, y parecería que las razones no eran tan nobles, pero las verdaderas eran más profundas, y tenían que ver con el arte.

Cuando Douglas componía, en su cerebro se conjugaba un estilo, y cada vez que intentaba que David Rodríguez interprete algo suyo, el vocalista no captaba la teoría musical que estaba construyendo el muchacho, y lo subestimaba totalmente, lo veía como un mal cantante y un mal guitarrista.

—No lo aguanto más —dijo Douglas a Troi— Creo que ese 'man' se quedó metido en el personaje de ***Plástica***, no entiende la música, cuando le digo que cante algo bueno que tengo, quiere poner su estilo, ¡me quiero matar! Necesitamos esa música urgente.

—Si la verdad, tú estás componiendo mejor que yo y ese man no colabora en nada, además anda por ahí hecho el actor, no viene a los ensayos y quiere todo el billete —respondió Troi— ¡cualquiera de nosotros podría cantar!

Esa misma mañana hablaron con Jorge Ponce, quien les dio la razón; aunque ellos sabían que Jorge quería un trío, porque en un trío el baterista sobresale. Jorge era también un líder, y un gran baterista, pero aún no se daban cuenta que jamás pensaba en el grupo.

Entonces hicieron un plan sencillo. Casi sin pensar, como se hacen todas las cosas a esa edad. Lo citaron para una conversación sobre la planificación del grupo, por la noche, luego de un concierto, en uno de los dos centros comerciales que Guayaquil tenía en ese momento, el Policentro.

Cada uno habló pausadamente sobre sus inconformidades, y al final Douglas concluyó lapidario:

—Con mucha pena te digo, pana, no te queremos en el grupo

Eran tres contra uno, y el nuevo ex vocalista de Tranzas, no tuvo nunca una esperanza; los tres muchachos lo habían liquidado.

Aunque Rodríguez suplicó, prometió dejar su proyecto de actuación, dedicarse más a la banda y hacer lo que ellos digan, la decisión estaba tomada.

Se levantaron y se fueron caminando despacio, mientras David Rodríguez se quedó sentado aún un poco incrédulo.

Como ya iban a cerrar y no se movió, los guardias no se percataron de su presencia, por lo que ahí amaneció, inmóvil, pensando.

Ni a la disquera ni a Lam ni al 'crew' ni a muchos fans les gustó la salida del vocalista. No era el mejor cantante, pero tenía pinta y carisma. A la interna de Tranzas, todos sabían que la voz de Rodríguez estaba bien para Plástica, pero ellos querían evolucionar.

Al día siguiente el trío ensayó. Todos probaron como vocalistas, y fue algo así como una audición de parque. Según Ricardo Pólit, el menos malo fue Douglas, y desde ese día (hasta su separación 22 años después), se convirtió en el vocalista principal de Tranzas.

Entonces el nuevo Tranzas reconfigurado como un trío, quedó así: Douglas Bastidas como vocalista y guitarrista, Troi Alvarado en el bajo, y Jorge Ponce en la batería.

Por esa época seguían asistiendo a los conciertos de todo tipo, y correteando a los artistas y a los productores. Pero uno de aquellos grupos fue especial, eran Los Prisioneros de Chile. Se habían autoinvitado a una parrillada en su honor, al día siguiente del concierto. Los tres Tranzas se colaron porque ayudaron a cargar los equipos en la camioneta del papá de Troi, un vieja GMC a la que llamaban la Coquina, que luego heredarían para la banda.

Ya adentro de la casa, con algunas gestiones oscuras, se hicieron anotar en el programa. Tocarían para Los Prisioneros.

El grupo chileno tenía planificado presentarse, pero no pudieron porque no sirvieron unos cables de sus equipos, y a su más puro estilo desconcertante, Jorge Gonzales no quiso tocar con otros. Los Prisioneros se sentaron y pidieron que el programa continúe.

Se presentaron todas las bandas del momento: Clip, Abraxas, Taller y por último Tranzas.

Abrieron con **Paramar**, una canción de los chilenos. Era arriesgado tocarla y cantarla para los músicos originales, pero les salió perfecta porque a Douglas le había gustado desde siempre. Luego cantaron, por primera vez con público, la nueva canción que estaban preparando, **Sueño Astral**, y al final cerraron con **Plástica**.

Lo que pasó a continuación fue determinante para la historia de Tranzas, y para el futuro de Douglas como compositor.

Jorge Gonzales los invitó a sentarse en su mesa. Llenos de nervios, empezaron a comentar trivialidades sobre los ajustes de los equipos, y de repente el vocalista principal de la banda le dijo en un susurro al oído a Douglas:

—De todo lo que escuché hoy, ustedes son lo único que sirve, 'weón'

Luego continuó, dirigiéndose a los otros dos Tranzas:

—Muchachos ustedes tienen futuro, escuchen a Joe Jackson y a Clash, ¿'cachái'? —entonces se paró diciendo a sus compañeros:

—Vámonos de esta porquería

Gonzales ya se estaba haciendo famoso en el mundo por su mala leche con los periodistas y por su brutal sinceridad en cada momento.

Aunque pasarían 20 años para que Douglas se encontrara nuevamente con Jorge Gonzales y fundaran una gran amistad en la que inclusive compondrían canciones, desde ese día el joven ecuatoriano creyó al pie de la letra lo que le dijo aquella leyenda viviente del rock latino.

Ninguno sabía cantar verdaderamente; sin embargo, con ese impulso anímico de Los Prisioneros, pensaban que estaban en otro nivel. Apenas habían entrado a un estudio de grabación, pero eran atrevidos, y luego de la reunión con Bahiyyih, habían convencido a la disquera de que eran grandes artistas y que tenían un LP completo listo para triunfar en el planeta.

El primer día llegaron muy temprano a la esquina de Rumichaca y Calicuchima, y aunque fueron puntuales, tuvieron que esperar más de una hora a que se desocupe el estudio.

Su productor, Ramiro Montalvo Capoto, era joven y alto, de cabello negro, tenía una trayectoria como excelente músico y había formado el renombrado grupo Marfil.

Ese primer día, al escuchar la canción **Sueño Astral**, puso ambas manos sobre su cabeza y les dijo:

—No voy a producir esa canción, creo que no ha sido buena idea.

Ante la sorpresa de la banda, salió del estudio sin decir más. Fue a la oficina el Chinche Varas y le reclamó:

—¿Estás loco? No voy a perder mi tiempo ni a jugarme el nombre. Ah y no es cuarteto, es un trío que está totalmente descoordinado y desafinado.

Sentada en la oficina en silencio, estaba Leticia Pino la hija de Víctor, el dueño de la radio. Le decían la Princesa, como único sobrenombre que se le pudiera ocurrir a quien la veía.

La chica escuchaba impávida lo que decía el productor.

El Chinche suspiró incómodo, mientras veía disimuladamente a la Princesa.

Entonces la joven interrumpió molesta:

—¡**Plástica** es la mejor canción ecuatoriana de Rock de todos los tiempos, esos muchachos tienen mucho talento!

Luego salió de la oficina.

Nadie se enteró nunca cual fue la conversación que tuvieron adentro el Chinche y Capoto, pero todos sabían que la joven ya estaba reemplazando a su padre en la dirección total, y para ese momento, controlaba las principales operaciones de la disquera.

Al día siguiente empezó la grabación. Cada día, los tres llegaban creyéndose los Beatles, y terminaban la jornada con la moral entre las piernas como una banda de pueblo caminando en una guardarraya. Cada día era una batalla distinta contra Capoto, porque no lograban armonizar.

Uno de aquellos días de grabación, el productor les gritó:

—¡Controla tu voz, muchacho!, y ustedes ¡equilibrio! Una banda tiene que tocar y cantar la misma canción al mismo tiempo, ¡ustedes están perdidos! Yo no sé qué hago aquí

A lo que Douglas con una ira muy contenida y una insolencia épica le dijo:

—Yo sí sé, estás aprendiendo, porque nunca has estado ni estarás número uno en las radios

En ese momento Capoto le lanzó el cuaderno que sostenía, y Douglas con buenos reflejos lo alcanzó a esquivar.

De esa manera abrupta se terminó el ensayo a media jornada, entonces decidieron tomarlo con ánimo y organizar una fiesta en honor a la respuesta de Douglas y al nuevo lugar de ensayo que el papá de Troi les había habilitado, ya cansado de tanta bulla en su casa. Era un departamento muy cómodo, salvo que no tenía nada, estaba totalmente vacío; con las primeras sillas plásticas y dos colchones que llevaron, lo habían bautizado como el *Bulín*.

Al final, Sueño Astral se grabaría contra viento y marea, pero antes de que se lanzara, quienes fueron lanzados por los aires hacia la marea fueron Douglas y Troi.

Como no tenían ensayo el sábado, la fiesta había sido larga en el Bulín, eran las ocho de la mañana y recién se estaban marchando sus amigos.

—Qué dolor de cabeza tan terrible— balbuceó Douglas

—Vamos a la playa, pana, unas cervezas en el yate de mi papá quedaron como tarea pendiente —replicó Troi medio dormido.

—Bacán, vamos, cierto que es feriado, pero me muero de sueño, allá me duermo en el camarote —respondió Douglas.

Llegaron a Salinas en el San Remo de Troi, acompañados también por Jorge Tazán, el primo de Douglas. Como ya manejaban algo de dinero, fueron al comisariato a cargar las mochilas de cervezas y comida, el plan era pasar el día dando vueltas en el yatecito frente a la playa.

Todo había salido perfecto, un sol espectacular, la playa llena con otros yates, y había uno lleno de muchachas, que gritaban a cada momento.

El escenario clásico para adolescentes que aspiran ser estrellas de rock.

Douglas intentó dormir en el camarote, pero algo le estorbaba debajo de la colchoneta, eran unos binoculares que había dejado olvidado Coquín Alvarado. Se le ocurrió que podría observar más de cerca a las chicas del otro yate. El resto de su vida recordaría que aquel impulso juvenil le salvó la vida.

Estaba en la cubierta concentrado en el paisaje con los binoculares, Tazan llevaba el timón, y Troi estaba sentado en la proa. En ese momento empezaron a sentir que el motor sonaba muy extraño, como si estuviera forzado. De repente, cuando Troi se estaba acercando a la máquina a ver qué pasaba, el yate explotó en mil pedazos.

Douglas y Troi salieron volando hacia el mar por la onda expansiva. Ni siquiera habían escuchado el estruendo, porque el impacto los había dejado momentáneamente sordos. Jorge Tazán fue impulsado hacia el panel de control y quedó inconsciente flotando sobre el único pedazo del bote que sobrevivió entero. Si Douglas se hubiera quedado dormido en el camarote con seguridad habría muerto desintegrado, y **Morí** no hubiera sido una de sus mejores canciones, sino su última expresión al escuchar el estruendo.

Douglas por unos instantes perdió el conocimiento, y se sumergió inerte en el Océano Pacífico, a los pocos segundos despertó y vio desde abajo hacia arriba al radiante sol desfragmentado por el agua, y desesperado, pataleó como pudo hasta ascender. Por algún misterioso reflejo de supervivencia había aguantado la respiración y ya se encontraba nadando hacia la costa, pensando con angustia que la cara le dolía porque estaba desfigurado.

Todo había pasado muy cerca de la playa, y sentía el intenso ardor de las quemaduras en contacto con el agua salada, por lo que nadó muy rápido y pronto estuvo tirado en la arena.

Mucha gente se acercó a ayudarle, él estaba buscando desesperado a su primo y a su amigo en el horizonte, mientras gritaba a las personas:

—¡Hay dos más, hay dos más!

Al poco tiempo Troi y Jorge aparecieron tendidos en la orilla. Luego de verlos, Douglas empezó a pensar en sí mismo y en sus ardores, entonces se percató que en algunas partes la piel le colgaba, solo en ese momento les preguntó con la voz quebrada:

—¿Estoy desfigurado?—

—No, pero tienes quemado el pelo y las cejas— respondió Troi, en medio de las lágrimas. Desde ahí Douglas quedaría sin cejas y un poco calvo.

A los pocos minutos fueron trasladados al hospital de Salinas, en donde recibieron los primeros auxilios.

El doctor que los atendió vio quemaduras hasta de tercer grado en los tres jóvenes y pidió que los trasladen de inmediato a la unidad de quemados del hospital Luis Vernaza.

Estaban conscientes, pero su condición era crítica, y al estar en contacto con el agua salada y la arena, corrían serio peligro de una infección masiva e inmediata, por lo cual, de emergencia los embarcaron en una ambulancia.

El conductor de la ambulancia iba escuchando ***Electric Funeral*** de Black Sabbath a todo volumen, parecía que no sabía que llevaba a tres quemados. No tenía ninguna precaución de los baches, ni de movimientos bruscos. En cada sacudida les dolía muy fuerte, pero no se permitían ni llorar porque hasta eso les ardía en el alma. Douglas supo entonces, sin lugar a dudas, que esa era la música ambiental del infierno.

De repente, sintieron que la ambulancia se movió más bruscamente de lo normal. Luego, un frenazo seguido de un golpe fortísimo y después todo el mundo se puso de cabeza. La ambulancia se había volcado.

Los tres quemados no sólo habían sido víctimas de una explosión de yate, sino que menos de dos horas después, también casi perecen en un accidente de tránsito que les dejó algunos huesos rotos y chichones por toda la cabeza. Para su suerte, esto les ayudó a perder el conocimiento.

Lo que se escribió en el parte policial parecía un cuento de terror, como una de esas películas en las que la muerte persigue a los personajes, algo nunca antes visto.

Jamás se supo qué pasó verdaderamente en el yate, aunque la teoría más racional se fundaba en que había sido un atentado dirigido contra el papá de Troi, el que según se rumoreaba, tenía muchos enemigos.

Lo que pasó en la ambulancia, en cambio, fue muy fácil de descubrir: el conductor había estado bebiendo toda la noche, porque su novia lo había abandonado.

Ese día, aún como un bebé recién nacido, casi se muere Tranzas.

Esta parte de la historia, que tal vez carece de sentido para la construcción del grupo, resultó determinante ya que fue ahí, en la sala de quemados del hospital Luis Vernaza, donde Douglas conoció los extremos de su propio dolor, y el dolor de los pacientes de las camas cercanas, fue ahí donde aprendió a controlarlo y a convertirlo en arte, fue ahí donde empezó a entender que el dolor era una especie de señal, que en un código desconocido, lanzaba una advertencia y despertaba la creatividad.

Douglas estaba desesperado por recuperarse rápido para terminar de grabar el disco, y le preguntó al médico cómo hacerlo, a lo que el galeno le explicó que lo único, luego de los cuidados básicos, era comer y dormir en exceso. Le hizo caso, subió de peso, por lo que llegaría a sus 18 con una condición corporal racional.

Ese mes descubrió lo más importante: mientras componía no le dolía, porque cuando se concentraba en desarrollar una melodía, su mente se anclaba al presente y el dolor se iba.

40 días después regresaron al estudio más aterrizados, entendiendo que la vida era frágil, breve y que, para lograr buenas cosas, debían actuar con más razón, jamás peleándose con un productor ni pensando que eran los dueños del mundo. Esa sensatez solo les duró algunos meses, pero fue suficiente para terminar de grabar el disco.

Después de tantos retrasos, cambios de vocalista, yate explotado, y peleas con Capoto, cierta tarde terminaron, y suspiraron resignados, sabiendo que no habían logrado lo que querían.

Al final, Capoto desarrolló una hernia producto de la frustración y el enojo; sin embargo, una canción le había parecido muy aceptable: ***"No sé cómo"***.

Desde el inicio se había dado cuenta de que los chicos no tenían experiencia, no habían cantado nunca de verdad, no se habían acoplado como banda y el vocalista no sabía qué hacer con su voz, pero tenían talento y mucho de algo que jamás había visto en un grupo ecuatoriano: determinación. Lo que no sabía era que aquel muchacho vocalista novato, siete años después, de golpe, con toda la información almacenada, en vez de garganta tendría un volcán musical en erupción, por donde saldría la bestia que le crecía por dentro desde que era un niño y se convertiría en el mejor cantautor de rock pop ecuatoriano de todos los tiempos.

1989

Habían generado muchísima expectativa con el disco **Sueño Astral** por la calidad de la producción, con batería electrónica y arreglos modernos, pero la verdad es que fue un fracaso. No fue un sueño ni fue astral, fue una realidad totalmente terrenal, porque aún no estaban preparados para grabar un LP.

Uno de aquellos primeros días con el disco tratando de forzarse en las radios, Lam consiguió que los invitaran a tocar en la discoteca del momento de Guayaquil: Infinity Disco Club.

Habían estado de fiesta con el 'crew' durante tres días seguidos. De repente cuando estaban en los camerinos Douglas dijo algo, y solo vieron que sus labios se movían y no salía voz.

—¿Qué te pasa? —le preguntó Troi asustado.

—Nhhho lhhho sehh— respondió Douglas esforzándose y con ligeros suspiros en vez de palabras.

—Mierda, consigan una pastilla o una inyección para este man, ¡urgente, en 10 minutos debemos salir a cantar! —pidió Troi a todos los presentes.

Por primera vez en su vida, Douglas estaba totalmente afónico y justo sucedía antes de un concierto clave para que su disco huérfano se posicione un poco en la sociedad porteña.

Llegaron tres voluntarios con medicinas, pero ninguna sirvió, entonces Lam dijo:

—Vamos a hacer playback, no tienen casete, pero ya fueron a conseguir un disco—

Todos estuvieron de acuerdo.

Apenas empezaban el concierto y pusieron el disco, se lo escuchó a Douglas repetir:

—Dicen que todo esto es muy normal, dicen que todo esto es muy normal, dicen que todo esto es muy normal, dicen que todo esto es muy normal, dicen que todo esto es muy normal— y luego una distorsión de sonido.

El disco estaba rayado.

Entonces, mientras los Tranzas confundidos se miraban unos a otros, la gente empezó a molestarse, primero con silbidos, luego arrojando objetos al escenario y después con un desastre de sillas y gritos.

Mientras Douglas corría, alcanzó a pensar que esto de ser artista tenía que ver algo con el vandalismo, porque muy seguido tenían que huir para salvar sus vidas.

Ese fue el mejor lanzamiento que alcanzó a tener Sueño Astral, pero fue un lanzamiento de objetos al escenario.

Uno de aquellos meses en un arranque de valentía e insistencia de Douglas, más la disciplina de la banda, practicaron muchísimo hasta que sonaron muy bien en vivo.

Entonces invitaron a Fernando Cobos para los teclados. Como siempre apareció, tan inestable como talentoso. Nuevamente como cuarteto se inscribieron en el Festival MTV Ecuador, organizado por la cadena local Gamavisión y que sería retransmitido por MTV Internacional.

La conductora sería una de las modelos más famosas del mundo, la cubana estadounidense Daisy Fuentes quien, con apenas 23 años, estaba rompiendo todos los esquemas y barreras para los artistas latinos; era la reina del mundo y le estaba diciendo que no a todos los galanes de Hollywood.

El evento se realizó en el Teatro Sucre de Quito, con una representación importante de prensa internacional.

De 40 grupos que habían participado en las diversas etapas, los finalistas fueron: Blaze, Barro, Riccardo Perotti, Tarkus y Tranzas. Todas bandas de Quito, menos la de Douglas. Todas con una gran preparación académica musical como, por ejemplo, Perotti que venía graduado de Berklee College of Music de Boston, o el resto de bandas que contaban entre sus integrantes con músicos formados, argentinos o chilenos, menos la de Douglas, en la que todos eran recién graduados de colegio, con ninguna preparación musical formal, pero con muchísima escena, cancha y puñete en conciertos de pueblo y de alto nivel.

El estudio era moderno, pequeño y de fondo tenía un gigante logo amarillo de MTV. Era el mejor escenario en que cualquier grupo ecuatoriano hubiera tocado alguna vez, por la tecnología desplegada y por la exposición que tendrían en toda América. El primer premio: un sueño casi astral, ir a grabar un sencillo a los estudios de MTV internacional en Miami. Los jurados eran algunos músicos internacionales más Alejandro Pells, productor de MTV internacional y, claro, la desconcertante Daisy Fuentes.

Habían cantado las canciones de su único disco: ***Tan Sexi, Sueño Astral***, y luego de una fuerte discusión interna, habían cerrado ***con No Se Cómo*** en la semifinal:

Dices que todo esto es muy normal
Que todos los días pasa algo igual
Debería calmarme
Que si ella quiso terminar...

Todos querían cantar ***Plástica***, pensando que sería la última y que saldrían eliminados, menos Douglas, quien era el único que tenía fe y quería guardarla para la final.

Para sorpresa de la banda y del resto del Ecuador, a excepción del vocalista, habían clasificado a la final, contra aquellas que eran las bandas de rock más fuertes de la capital.

La noche anterior al gran día, acompañados de unas nuevas amigas quiteñas (obviamente, una de ellas novia de Douglas), se quedaron practicando casi hasta el amanecer en un aula de un colegio fiscal que quedaba cerca del Teatro y del Hostal Simón Bolívar donde se hospedaban.

Durmieron hasta el mediodía porque la presentación era en la noche, hacía frío y comieron en silencio, más por incredulidad que por tensión. Douglas tenía un poco de náuseas.

Antes de salir del hotel e ir caminando al teatro, Troi muy calmado les dijo:

—¡Vamos muchachos!, con equilibrio y con fuerza, esta es nuestra noche —luego añadió sonriendo— Daremos una gran sorpresa.

Ninguno sospechaba siquiera lo que había preparado Troi.

Empezaron a tocar con la introducción clásica, que por primera vez sonaba en vivo en Quito:

—***Plasticaaaaaaaaaa***—

Con un rock más preciso y armónico que de costumbre, parecían una banda que tenía 30 años tocando junta. Todo estaba saliendo excelente, cuando Troi, con un 1,62 m de estatura, cabello largo, negro y un rostro infantil, puntiagudo, hizo lo impensable:

Sacó a bailar a la jurado estrella: Daisy Fuentes.

Rompió los protocolos del sentido común y el estricto reglamento donde rezaba claramente que era motivo de descalificación directa tener contacto o interactuar con el jurado.

Pero le salió tan natural, exhibiendo un carisma innato, que complementaría luego la gran fama de la banda, que a todo el público, jurados y organizadores les pareció muy simpático y nadie se tomó la molestia de revisar las normas.

Lo más gracioso fue el momento en que trató de hacer girar a la jurado y debido a su estatura tuvo que hacer el paso saltando.

Todo el mundo disfrutó y sería recordado como el momento más intenso y divertido del festival: Daisy bailando ese rock de alta velocidad con el peculiar bailarín que no le llegaba ni al hombro. Mientras lo hacía, el resto del grupo se emocionó tanto que terminaron de tocar como nunca antes lo habían hecho. Entonces sí, hasta el momento todo había salido excelente, en ese minuto, se transformó en perfecto.

Llegó el momento del veredicto final, y Daisy Fuentes subió junto al otro conductor. Entonces empezaron a eliminar uno por uno, desde el quinto lugar que fue Riccardo Perotti.

Al final solo quedaban dos y el animador, con un tono misterioso, dijo:

—En segundo lugar Tranzas o Tarkus, ¿cuál será? Ambas empiezan con T...

Entonces Daisy complementó:

—¡La banda ganadora es una banda muy hot!

Entonces el súper top model concluyó:

—Y en segundo lugar: Tarkus

Durante dos segundos los integrantes de Tranzas no comprendieron, pero en efecto, sucedió lo histórico: Tranzas se convirtió en el grupo ganador del único festival de MTV realizado en el Ecuador.

Al finalizar, luego de los gritos de celebración de Tranzas, las lágrimas, la ovación del público y la entrega del trofeo, ya cuando todos se estaban retirando, Douglas tomó el micrófono y su guitarra, para recordar la primera canción que cantó en público como solista y en tributo a su inspiración, Los Beatles, empezó a cantar lentamente el coro de Yelow Submarine.

We all live in a yellow submarine
Yellow submarine, yellow submarine
We all live in a yellow submarine
Yellow submarine, yellow submarine

A lo que sus compañeros del grupo se sumaron y la cantaron en un abrazo conjunto, que estremeció a los representantes de MTV. En ese momento todos los presentes, de alguna manera presintieron que aquellos muchachos tenían algo muy especial.

Como estaban en Quito, nadie sabía que aquel coro era el grito de guerra de la pandilla, cuya letra, cuando tenían algo que celebrar, era reemplazada por:

Y nos vamos, directo al Bulín
Directo al Bulín, directo al Bulín
Vamos todos, directo al Bulín
Directo al Bulín, directo al Bulín...

Pero, como ya hemos dicho, en la vida real ninguna historia de éxito es perfecta y literaria, y aunque quisiera escribir que Tranzas recibió el premio, fue a grabar a los Estados Unidos y tuvo éxito en toda América, la verdad es que no fue así, nunca recibieron el premio.

Pasarían muchos años para que algo parecido suceda, pero en ese momento, no sucedió. El gerente de Gamavisión Marcel Rivas se los negó. En realidad, nunca fueron los favoritos, nadie esperaba que gane la banda más joven y la única de Guayaquil, pero Daisy y Alejandro Pells, actuaron con total legalidad, porque para construir una banda de súper estrellas, no sólo contaba la música sino el carisma y el carácter.

Al siguiente día, con la emoción desbordada, Troi llamó al canal para preguntar sobre la fecha en la que se programaría el viaje y demás detalles del premio. Le respondieron que debería hablar con el gerente en persona.

Pensaron que eran los formalismos del caso. Mientras el resto de la banda estaba disfrutando del momento y dando entrevistas en todas las radios, a Douglas no le gustaba hablar en los medios, por lo que se ofreció para ir al canal y cuadrar con el Gerente los detalles del viaje a Norteamérica.

Cuando llegó al edificio en el Norte de Quito era mediodía y hacía mucho calor. Se anunció con mucho orgullo, sonreído, como si fuera un héroe que llega a presentarse a la oficina del presidente luego de haber triunfado en la guerra, pero la verdad la recepcionista ni lo regresó a ver, y luego de decirle que espere le anunció con displicencia:

—El señor Rivas no puede atenderlo en este momento, tendrá que esperar

Luego de dos horas de espera, Douglas se había quedado dormido, y la señorita lo despertó abruptamente de un grito:

—Eh, joven, que pase

Aún adormitado entró y se encontró con un señor gordito vestido de traje, que lo invitó a sentarse con una sonrisa afable.

Douglas tenía apenas 19 años, habiendo sido número uno en las radios, y luego ganador del festival de música más importante que se haya hecho en el país, se sentía una estrella gigante. Entonces con un tono lejos de ser humilde empezó:

—¿Cómo le va, señor Rivas? Vengo a cuadrar las cosas para el viaje

—¿Cuál viaje y quién eres tú? —respondió extrañado y divertido el gerente.

En ese momento el joven músico aterrizó un poco, pero se sacudió y continuó:

—Soy Douglas Bastidas, de Tranzas, los campeones del festival, me refiero al viaje a MTV en Estados Unidos—

—Ahhh, ya, ya, felicitaciones hijo, déjame te explico —replicó Marcel con voz paciente como si se dirigiera a un niño— Una cosa es la publicidad y otra cosa es lo que de verdad se puede hacer, a nosotros MTV nos ofreció una parte de los derechos televisivos internacionales, pero no ha cumplido, así que el canal no cuenta con presupuesto para ese viaje, deberías hablar con ellos.

Luego de unos segundos de desconcierto, un poco impaciente, Douglas le increpó:

—¡Esto no es posible, existe un compromiso del canal! No solo era el trofeo, el premio estaba claro y ahora a ustedes les conviene promocionarnos, tienen la exclusiva del mejor grupo de rock.

—Muéstrame el contrato hijo —sentenció Rivas en medio de una carcajada que lo puso rojo y casi no lo dejaba hablar— ¿Cómo dices, el mejor grupo de rock? Aterriza muchacho, ni siquiera empiezas.

Douglas se levantó furioso y salió de la oficina dando un portazo.

Necesitaba caminar y pensar. Vagó sin dirección y sin chompa, en un Quito en el cual empezaba una de aquellas épocas del año donde el sol calcina por la mañana y la lluvia congela por la tarde.

Y caminando en ese frío, empezó a entender de súbito, que el gordo tenía razón, ni siquiera le había preguntado a Troi si existía un contrato y que, si quería despegar hacia la cima, lo primero que debía hacer era pisar muy bien el suelo, porque se enfrentaba a un mundo donde el abuso y la manipulación, eran los motores que impulsaban a una gran proporción de la industria.

Luego de estar algunos días indignados sin saber qué hacer, a través de un amigo en los Estados Unidos, consiguieron los números de MTV. Tras varios intentos, lograron hablar con Alejandro Pells, quien les explicó que la empresa había cumplido absolutamente con todos los acuerdos firmados con Gamavisión. Sin embargo, ante la imposibilidad de hacer algo por ellos desde allá, MTV se ofreció a recibirlos, darles hospedaje y cumplir con el compromiso de producir un demo en los estudios; sin embargo, debían llegar por su cuenta.

La esperanza renació en el grupo, y desde ese día empezaron a averiguar cómo era el trámite de las visas, aunque solo Jorge Ponce tenía dinero para el pasaje.

Le preguntaron a un amigo que viajaba muy seguido a los Estados Unidos y que era el gringo de aquel círculo, y por supuesto él tenía un amigo, del amigo que sacaba las visas, *facilito*. Pero la verdad es que no eran tan facilito, era una década complicada, con la migración descontrolada, y no existía el internet así que todos los trámites eran presenciales y los extensos formularios debían ser llenados a mano.

El contacto era un quiteño bastante parlanchín, que hablaba en spanglish andino sin necesidad, aparentando que le costaba el español. Las instrucciones las daba un poco en clave y receloso, mirando siempre para todos lados como si estuvieran haciendo algo ilegal.

Aprovechando un poco el entusiasmo de los padres, pagaron el valor inicial de la gestión, el equivalente a 500 dólares del siglo XXI. Con mucha dedicación recolectaron los papeles, y el contacto les concertó la entrevista con el cónsul, cada uno en diferente día.

El hombre acompañó a Douglas el gran día y le dijo:

—Recuerda, eres un famoso cantante de rock, tienes mucho dinero y vas de vacaciones a los Estados Unidos, hasta aquí te acompaño amigo

Seguramente la embajada ya tenía un dossier completo de cada uno y sabían que Douglas poseía el perfil socioeconómico del migrante que busca oportunidades en el país del Norte.

Entró al Consulado, muy puntualmente lo llamaron y le hicieron pasar a la oficina principal.

—Señor Douglas Bastidas —saludó el cónsul con ese acento español robotizado, que nunca querían perder los norteamericanos.

—Buenas tardes, señor cónsul —respondió Douglas con voz de gusarapo.

—¿Para qué viaja usted a los Estaros Uniros?

—Vacaciones —respondió el vocalista de Tranzas, pero ahora más nervioso.

—¿Cuál es su profesión?

—Músico —dijo Douglas con un gallo en la letra u, y en ese momento vio una ligera sonrisa que mezclaba burla y compasión en el rostro del representante estadounidense.

—Músico, OK, señor Douglas Bastidas, su solicitud de Visa para entrar a los Estaros Uniros esta vez ha sido negada, puere intentar otra vez en seis meses, muchas gracias, la entrevista ha terminado -sentenció el cónsul a la vez que estampaba un sello en el formulario de solicitud, y seguía con esa misma sonrisa en la cara.

El joven cantautor, nuevamente en el mismo mes, había sido humillado. Pero no todo salió tan mal con aquel episodio, Douglas realmente no estaba tan triste, sabía que de cualquier manera triunfaría y aquella noche escribió en su cuarto una divertida canción sobre la triste aventura, la que años más tarde terminaría y se llamaría ***I wanna go to the USA***, cuyo video sería nominado a los premios Billboard.

Fue al único de la banda al que le negaron la visa.

De alguna forma, en contraste con su sensibilidad artística, empezó a formar un carácter serio, sólido, que permanecería siempre a la defensiva, con la prensa, con los empresarios y, a veces, sin quererlo, hasta con el público.

Entonces todo se desbarató al final. El único que viajó fue Troi, quien logró convencer a sus padres de que iría a hacer gestiones artísticas en MTV, pero lo que hizo en verdad fue pasar vacaciones con unos primos y tomarse unas fotos a las afueras del estudio.

La gran exposición mediática por haber ganado el premio, los subió nuevamente a la montaña rusa de la popularidad, y los mantuvo vigentes unos meses más, pero luego la industria empezó a aplastarlos con la llegada de nuevos éxitos del exterior.

Durante un tiempo, y de manera muy acelerada, se habían acostumbrado a la emoción vertiginosa de las giras, las fotos, las entrevistas, los autógrafos, pero de repente, el silencio atroz de la fama cuando pasa.

No vendieron nada y no llegaron ni al "top ten" de las radios. Cuando se presentaban en discotecas o colegios, la gente pedía ***Plástica***, y luego de esa canción nadie les hacía caso.

Sus padres coincidieron en que había sido una locura momentánea, y que, si bien tenían algo de talento, de eso no se podía vivir. Por lo tanto, los obligaron a estudiar. Empezó Troi, porque su padre era uno de los fundadores y benefactores de la Facultad de Comunicación Social de la Universidad de Guayaquil, Facso; además su madre era catedrática en la misma institución.

El resto de sus amigos, no solo los de la banda, sino los del grupo ampliado donde estaban amigos y vecinos y el 'crew', lo siguieron y se inscribieron en la carrera de publicidad, porque los padres de Troi decían que ahí se podía desarrollar la creatividad.

Lo que se desarrolló fue la creatividad para las fiestas, y fue un momento muy bueno para su vida social, nefasto para su vida artística.

Una de las pocas cosas importante y buenas que pasaron en esa época, y que sería determinante para el futuro de todos, fue que cierto día en que iban a comprar tabacos en la tienda que quedaba junto a la Facso, conocieron a un flaco que rapeaba en la vereda con una grabadora, y que rapeaba muy bien, como nunca antes habían escuchado. Todos se habían preguntado casi en coro:

—¡Carajo! ¿De dónde salió este 'man'?

Se llamaba Martín Galarza, se hacía llamar AU-D y tenía una novia que vivía al lado de la universidad. Había llegado recién de estudiar ingeniería de sonido y producción musical en el Institute of Audio Research, de Nueva York.

Nunca nadie en Ecuador había escuchado rap en español y realmente solo Vico C, lo estaba haciendo en el resto de América. Tenía algunas canciones con algo nuevo, disruptivo, y a Troi se le ocurrió la idea de llevarlo a Ifesa. Lo hicieron entre todos, como si llevaran a un hijo a su primer día de escuela, aunque tenía la misma edad que él.

Con mucha razón los Tranzas eran más cancheros, tenían dos singles, un LP, ya habían sido número uno en las radios y habían ganado un gran festival. Además, Ifesa era su casa.

Lo pusieron frente al Chinche y la Princesa, y les dijeron escuchen esto, poniendo 'play' a una grabadora con la pista, mientras Martín empezaba a rapear en vivo:

Un jean sudado, desaliñado
Suena loco bajo un sol, de 40 grados
Busco mis tenis entre cabeza, colillas, vasos y cerveza...

No solo su tempo era perfecto, sino que le fluía el ritmo en todo el cuerpo, sus movimientos eran graciosos, pero rítmicos.

Mientras lo hacía, los miembros de la disquera sonreían incrédulos.

Cuando terminó la Princesa dijo:

—¡Qué es esta cosa, suena genial! Será un éxito, éxito total, parafraseando la letra de ***Plástica***

—Se llama ***Asfalto Caliente***, y yo me llamo AU-D, el rey del micrófono —dijo el flaco bien serio.

Al mes ya tenía grabados con Ifesa dos sencillos: Asfalto Caliente y Guacharnaco.

Desde ese momento el país empezó a conocer, poco a poco, a un muchacho que paralelamente a Tranzas, (cada quien en su género), harían la banda sonora de una película llamada Ecuador.

No todo fue inmediato, los paradigmas sociales ecuatorianos que todavía no se rompían con respecto al rap, hicieron sangrar a AU-D antes de ser uno de los mejores exponentes del género en el país.

La amistad entre Douglas y Martín sería fuerte para toda la vida, aunque siempre estaría salpicada de pequeños malos entendidos, porque ninguno de los dos tenía un carácter paciente. Un año después se pelearon seriamente porque Douglas pretendía a una de sus bailarinas. Martín las cuidaba como a hermanas y sabía que Douglas en ese momento, no era el chico tímido del colegio, y que ya tenía a muchas amigas enamoradas de forma simultánea.

1991

A inicios de ese año ocurrió una tragedia en el mundo de la música, murió Freddie Mercury, el vocalista de Queen. No es necesario explicar quién era para comprender que fue un martillazo en la cabeza de todos los músicos del planeta. Poco tiempo después a Tranzas le ocurriría su propia tragedia.

Por otro lado, el inicio de la última década del siglo empezaba a dejar pasar nuevos rayos, de un sol distinto, en un inédito horizonte musical.

Poco a poco el rock latino fue decayendo y empezaron a escucharse nuevas cosas como el rap de Snoop Dogg, Vanilla Ice y Tupac, ese ritmo monótono y sincopado que nació en los barrios duros de Nueva York pegaba 'full'. Además salieron interesantes derivaciones del rock como el grunge de Nirvana y Pearl Jam.

La Guerra Fría había terminado, el muro de Berlín se había derribado, la última dictadura en Suramérica, (Pinochet en Chile), había desaparecido, y a inicios de ese año también, había culminado rápidamente la Guerra del Golfo Pérsico. El mundo empezaba una nueva época, surgieron los neo-hippies, y nuevamente el arte musical daba espacio para canciones más tranquilas, menos de protesta política y social. Otra vez música para el corazón humano y sus pasiones.

Douglas lo percibió en el ambiente y, de manera inconsciente, empezó a dirigir al animal hacia esa dirección: canciones de amor, con una base de rock y lentas cadencias. Muchos años después, al escuchar sus primeros discos, pensaría que tal vez no eran tan malas las canciones que compuso en los ochentas, sino que no era el momento de su música.

Por su parte AU-D estaba a punto de tirar la toalla y conseguir un trabajo operativo estable en algún estudio de grabación. Cierto día Douglas y Troi lo encontraron en la Facso un poco deprimido, siempre le daban ánimo y mientras le hablaban de la perseverancia, el rapero les interrumpió y les preguntó:

—Panas, y la plena, ¿ustedes están viviendo de esta vaina?

Los Tranzas se miraron y Troi que siempre hablaba más, le respondió:

—No, ñaño, nadie vive de la música en Ecuador, esto se está convirtiendo solo en un hobby

A Douglas le invadieron las náuseas de siempre, porque ya no eran los adolescentes de 17 años, ya tenían 21, y aún no hacían nada por sus vidas, en un mundo donde a esa edad ya debías tener familia y trabajo fijo, y si te alcanzaba el tiempo, tenías que estudiar en la universidad que tú mismo pagabas.

—Ya tengo a mi hijo y mi mujer ya está desesperada, no tengo ni para los pañales, ni para la leche, hoy mismo, no sé cómo voy a llegar a la casa.

Sentenció AU-D lloroso y se fue caminando para no exponer sus sentimientos, mientras los miembros de Tranzas lo veían como si observaran su propio futuro caminando, triste, en la vereda del despecho. Por fortuna los Tranzas, aún no tenían hijos, ¡Pero por mucha fortuna!

En esos minutos, y sólo en esos, Douglas pensó que estaban todos destinados al fracaso, más por vivir en un país sin oportunidades artísticas, que por la falta de talento.

Martín Galarza no pudo dormir aquella noche y amaneció con muchas cosas en la cabeza. Buscar trabajo no era un mal plan, pero no tenía claro nada, estaba enfrentando el momento de mayor angustia de su vida.

Luego su esposa cogió al niño y la bolsa de pañales porque tenía que ir a pasar el día donde su mamá.

Él supo porque se iba, entonces se sentó en la silla de su escritorio de metal oxidado. Con un lápiz casi sin punta y una hoja de su cuaderno de último año de colegio, escribió en 10 minutos, solo con un par de tachones y de corrido, la primera versión de la canción de rap romántico en español, más recordada y más cantada de todos los tiempos en el Ecuador: ***Tres Notas***.

Cuando regresó su esposa, le acomodó una silla plástica junto a su cabina de grabación y la invitó a sentarse. Entró en el mini estudio con paredes sin enlucir y que en vez de silla tenía un inodoro no instalado, porque alguna vez se planificó como cuarto de baño. Estaba forrado de cubetas de huevos, tenía un órgano destartalado y una batería programada.

Entonces con el corazón en la mano, grabó la primera y única versión de aquella época, sin errores, de un solo tirón, como si hubiera estado compuesta desde siempre, con letra y música en su memoria:

A veces en mi cuarto estando solo
Quisiera acabar con todo.....

Su esposa la escuchó con el bebé en brazos. A la mitad de la canción, sin gestos, las lágrimas empezaron a caer por su rostro, y cuando terminó le dijo:

—Todas las mujeres te van a perseguir —y se metió en su pecho ahora sí a llorar con mucho ruido. Lo hacía con una mezcla de sentimientos: la alegría por la certeza de que triunfaría y la certidumbre de que en aquel momento empezaba a perderlo.

Martín sonrió y, mientras abrazaba a su esposa, supo que AU-D había nacido como artista aquella tarde.

El segundo en escucharla fue Douglas ese mismo fin de semana. Estaban en la discoteca Wala de Salinas, cada quién había llegado acompañado de su mejor amigo, Martín, con Cheché, y Douglas con Troi. A veces les pedían tocar y les pagaban algo de dinero o simplemente con trago, dependía del presupuesto del dueño y de la calentura del ambiente.

AU-D estaba feliz, sonreído durante toda la noche. A Douglas le extrañaba, porque pocos días atrás lo había visto en un estado deplorable, entonces le preguntó al oído en medio del ruido de la discoteca:

—¿Qué tal, Martín, conseguiste trabajo en Ifesa?

—No, ¡qué va!, esos 'manes' van a tardar medio año en remodelar —respondió AU-D con el mismo semblante alegre.

—Entonces, ¿qué pasa y esa sonrisa?, ¿te estás haciendo marica? —siguió interrogando Douglas.

Lentamente AU-D se le acercó al oído y con una batería lenta que estaba sonando en la discoteca, empezó a susurrarle **_Tres Notas_**.

A Douglas se le erizó la piel, y supo que lo que escuchaba era algo trascendental, también supo que siempre recordaría aquel momento; por lo tanto, le dijo con la cara encogida de sorpresa:

—¡Hermano, le vas a romper el orto a todo el mundo con eso!

Y la sentencia de Douglas fue como una profecía, se cumplió al pie de la letra, Tres Notas trapeó el piso con toda la música del momento, con producciones de alta calidad, de artistas renombrados, con todos. ¡Las radios tenían que repetir la canción más de 40 veces al día!

La canción fue parte de la banda sonora de todas las generaciones ecuatorianas desde ese momento hasta la actualidad y, sin lugar a dudas, es la que todo joven nacido en la mitad del mundo dedica a su primera novia. No existe forma de eludirla, no ha escapado del corazón de nadie.

Tranzas tuvo que colarse a las giras del niño rapero, que estaba empezando a causar furor en algunas provincias.

En uno de aquellos conciertos en la playa de Bahía de Caráquez, el grupo de Douglas fue con Jorge Ponce como baterista, quien había demostrado ser una bestia salvaje de la percusión. Se presentaban

Anexo el primer grupo de Alfonso Vélez y **Tranzas** para abrir el concierto de AU-D.

Tranzas llevó algunos de sus instrumentos. Jorge tenía una batería armada por él, había traído por fin desde los Estados Unidos los platillos Paiste que quería y en vez de 'toms' usaba unos 'rototombs', a los que llamaba *Los Infernales*. Estos no estaban pegados al bombo, iban encima equilibrados de una manera extraña y misteriosa. Solo él podía tocarla sin que se desarme, cualquier otro baterista al golpearla le hacía perder el equilibrio mágico, y podía provocar un gran desastre.

Era doble talento el que demostraba Jorge: de músico y de malabarista.

Una vez habían prestado el instrumento para un show de televisión, y a media canción estuvo a punto de desarmarse, por lo que el baterista tuvo que tocarla inclinado en una posición muy cómica. Los Tranzas que vieron el programa en vivo, casi interrumpen la grabación con la bulla, porque estaban en el piso asfixiados de la risa.

La verdad es que aquella noche en Bahía, ni se habían acordado del detalle.

Cuando Anexo abrió el concierto, Alfonso empezó a tocarla, pum, pum, pan, psss, y de repente, pasó lo que pocas veces se ha visto en un concierto, *Los Infernales* se descuadraron y la estructura se desbarató, fue un gran desastre con pedazos regados por toda la tarima, y un guitarrista que no se daba cuenta de lo que pasaba a sus espaldas, seguía tocando emocionado.

El concierto de Anexo ni siquiera había empezado cuando ya tuvo que terminar con las carcajadas de la gente.

Los músicos bajaron furiosos, en particular Alfonso, que alternó su acostumbrada sonrisa por una cara de piedra con fuego en los ojos. De inmediato, Jorge subió para reconstruir el instrumento en un escenario con las luces apagadas. Se acabó el tiempo y fue el turno de Tranzas.

Nunca habían sonado tan bien, como hasta ese momento, ni en el Festival de MTV. Tocaron perfectamente **No Sé Cómo**:

Dices que todo esto es muy normal
Que todos los días pasa algo igual
Debería calmarme
Que si ella quiso terminar...

Se notaba que la voz de Douglas iba madurando con una actitud distinta. Estaba muy afinado. Aún faltaban 20 años para que exista el Autotune (la herramienta de afinación que ahora se utiliza para grabaciones y presentaciones en vivo). A la gente le parecía un buen grupo, pero nadie se derretía en el piso, ni se desleía en lágrimas, como sucedió antes y como sucedería después.

AU-D cerró el concierto con **Tres Notas** y sin mayores novedades.

Los Anexo convencidos de que el incidente de la batería y el mal sonido, había sido un boicot de Tranzas y con la consigna de que *Esto no se va a quedar así*, los estaban esperando en las carpas, por lo que apenas terminó de cantar el rapero, se escucharon los primeros insultos.

Para resumirlo, se armó una puñetiza que se haría legendaria en el malecón de Bahía. Fue un pandemónium, los visitantes a favor de Tranzas y los locales a favor de Anexo. Volaron sillas, tablas, reflectores, algunos peleaban bajo el escenario, otros en las carpas sobre la arena y algunitos más borrachos, ya en el agua.

Nadie se quedó sin dar o recibir un golpe, puñete y/o patada, ni las mujeres.

Por fin Douglas supo para qué sirvieron las clases de box y judo que su papá le había obligado a tomar, no es que pegó muy duro, pero por lo menos Alfonso no pudo matarlo.

Eran épocas sanas, sin armas de ningún tipo, puñete limpio, sin celulares para llamar al 911, ni videos, ni Facebook Live que los condene para siempre.

Alguien le activó el micrófono a Martín, quien a voz en cuello pedía calma. Nadie le hacía caso, hasta que empezó a cantar nuevamente y a capela **Tres Notas**. Entonces la gente fue calmándose poco a poco.

Cuando llegó la policía la cosa ya se estaba poniendo en orden.

Demostrando una desfachatez de película, Douglas y Alfonso, con las caras partidas y amoratadas, se acercaron para explicar a los oficiales que no pasaba nada, que había sido una peleíta de un par de borrachos.

Los policías miraron a su alrededor y vieron como si un huracán hubiera arrasado con todo. Media hora después ambos grupos estaban en la cárcel de Bahía de Caráquez, donde pasaron toda la noche contando chistes y fumando cigarrillos.

Cuando la policía se enteró de quien era el papá de Troi, todos fueron liberados.

Fue así como en medio de los puñetes y una batería desbaratada, se conocieron con otro de los integrantes definitivos de Tranzas.

A pesar de que Jorge Ponce empezaba a disfrutar de las fiestas, estaba frustrado. Creía que era uno de los mejores bateristas del país, siempre que veía a una banda de rock nacional se daba cuenta de que la principal debilidad era la batería y la guitarra. Pensaba que Tranzas tenía problemas con la guitarra y con la voz, y que por eso no había continuado su ascenso a la fama. Obviamente las dos cosas eran de Douglas, entonces por simple lógica, Jorge Ponce no lo quería en la banda y lo responsabilizaba del reciente fracaso.

Asumía que el éxito inicial fue gracias a la voz de Rodríguez y a la composición de Troi, y que nada tenía que ver Bastidas. Entonces uno de aquellos días de agitación interna, empezaron a discutir sobre el futuro de Tranzas y Jorge le comentó a Troi, con una voz muy baja, de conspiración:

—Hablé con David Rodríguez, está dispuesto a volver, contra ti no tiene nada, sabe que fue Douglas el que nos manipuló para sacarlo.

—No lo sé, Douglas compone muy bien y tiene otros conceptos —respondió Troi en su defensa, quien por tantas experiencias de los últimos cuatro años sabía que Douglas era el más talentoso de todos y que además era una persona noble.

—Te tiene y nos tiene jodidos, hermano, este 'man' siempre está arruinado, es un fracaso y nos hunde con él —insistió Jorge impaciente.

Entonces Troi dudó un poco. Los tres habían sido amigos inseparables, no podía creer cómo Ponce era capaz de traicionar abiertamente y sin ningún remordimiento, entonces respondió:

—Podríamos tal vez hacer un grupo más grande, veamos que ideas tiene David, si me dio pena como salió

Jorge Ponce organizó una reunión en su casa, donde estuvieron todos menos Douglas, quien estaba concentrado componiendo y ni se sospechaba del motín.

—Tengo nuevas canciones, son más baladas, eso está pegando —propuso Rodríguez— pero tiene que salir Douglas desde mañana, vamos a hacer cosas muchos mejores, como al principio.

Todos asintieron, menos Troi que siguió pensativo mirando a cada uno sin expresión. Su opinión era la definitiva, ya que él era el dueño de **Plástica**, de la mayoría de instrumentos, tenía el lugar de ensayo y fungía como representante de la banda.

—Déjenme pensarlo, mañana les doy una respuesta —concluyó Troi.

Desde que creó su primera banda en la Iglesia Bautista, un espíritu cristiano le había impulsado en todos sus proyectos, pero lo tuvo que mantener en secreto ya que sus papás eran ateos.

Poco a poco lo empezaron a ver arrodillado en oración, y sus esporádicos comentarios espirituales habían alertado a sus padres, quienes habían pospuesto una seria conversación al respecto.

Por ese motivo, y aunque cada vez se le hacía más difícil, porque la música de los conciertos y la parranda vivían en su cabeza, aquella noche oró en su cuarto con la puerta cerrada y le pidió a Dios que le muestre el camino. Y bueno, el dueño del universo se lo mostró muy claramente: soñó que estaba junto a Douglas en un gran coliseo repleto de gente vestida de verde.

A la mañana siguiente tomó la decisión más importante que habría de tomar en su vida artística: le contó todo a Douglas, quien le tendió la mano, y sonriendo le dijo:

—Gracias amigo, desde hoy Tranzas es un dúo.

Pero para el vocalista de Tranzas, Ponce era uno más de los que no creían en él, y esto en lugar de agobiarle, le inyectaba combustible. Quizá haya sido ese rasgo extraño en su temperamento, porque la sensibilidad extrema de su alma daba la vuelta ante los obstáculos de la vida, y en lugar de convertirse en golpes, se convertían en palmadas de ánimo.

Desde ese mismo día, con algunos borradores que tenían, empezaron a trabajar en su nuevo disco, el **NO**, en cuya portada negra solo estarían ambos, vestidos con chaquetas de cuero y con una expresión indefinida, en la que claramente no sabían lo que querían.

Douglas había armado cuatro canciones, y otra vez golpearon las puertas de Ifesa, ya que tenían aún el contrato vigente y la disquera seguía confiando en ellos. Todos ahí, desde el guardia hasta el dueño, eran ya como su familia, tanto que la Princesa gestionó a un productor argentino, de excelente nivel, para la nueva aventura: Guilo Loedel.

Pese al recorrido de Tranzas y a que habían tenido una buena época de ingresos invertidos en equipos, seguían siendo los mismos muchachos sin dinero, que aún vivían con sus padres. Cobraban cualquier cosa por tocar, especialmente trago, muy pocas veces recibían dinero y con eso completaban para la buseta y los tabacos. Tenían al 'crew' que los seguía a donde iban, la agenda social seguía siendo intensa y enredada, con muy poco dinero y poco tiempo para el arte. Aunque Douglas era un artista en gestación, aún no tenía las cosas claras y seguía enamorándose y enamorando a todas, lo que parecía ser el verdadero objetivo de su música.

El maxi single estaba conformado por cuatro canciones, pero las favoritas del dúo eran dos: ***No quiero más*** y ***No voy a cambiar***. Nuevamente se escuchaba a un Douglas evolucionando, con la voz más aplomada, más segura, aún perdida en el estilo, pero cada vez más afinado en tonos más altos.

No quiero más había vivido en su mente desde aquella tarde cuando salió despechado de Gamavisión. Era un rock suave, de batería programada, y algunos nuevos efectos de sonido:

Es tarde y hace frío
Estoy temblando
La luna se ha caído
No puedo más
Dónde estarás
No puedo estar sin ti...

La otra canción, ***No voy a cambiar***, era autobiográfica y también entraba con efectos de percusión programada, luego un 'riff', para dar paso a un rock suave y rematar con un 'rap' que iniciaba con un desastroso cambio de velocidad; pese a eso, no sonaba mal.

Hoy no quiero
Saber de nada que no sea tu voz
Hoy no creo
Ya casi nada que no sea Dios
Veo gente que dice que todo va bien,
Y visten saco y corbata
Veo gente que dice que todo va mal.

Y casi no dicen nada
Y yo no sé lo que pasa
Rap:
Mi padre me dijo, debo trabajar
Que el dinero no alcanza ni para fumar
Debo ser formal
Peinarme atrás
El pelo muy corto, como los demás
Matrimonio quizá, pero cuidar
Sabes muy bien
Lo importante que es
El nivel social...

Este disco tenía buenas canciones, pero aún ni Douglas ni Troi sabían que el arte era misterioso, y las masas también. No solo respondían a la música, sino al momento, a la tendencia, al clima, al resto del contexto social y a una extraña conexión universal. Aún el gran artista no lograba conectar a su animal interno, con el otro monstruo que era el público.

No, no pegó, Tranzas estaba tocando fondo y ya todos empezaban a perder la fe: amigos, familiares, la disquera e inclusive ellos mismos.

1992

Uno de aquellos días desolados con la resaca de la noche anterior, Troi amaneció con la convicción de volver a ser un cuarteto.

Alberto Vicuña siempre estuvo cerca de la banda como un fantasma, entre Douglas y Troi nunca recordarían quien fue el que lo llamó nuevamente, pero ahí estaba, otra vez en los teclados, con su gran capacidad de trabajar en la sombra y en silencio, para que muchos detalles y la armonía de la banda funcionen.

Lo que no tenían era baterista, y encontrarlo al mismo nivel de Ponce, iba a ser algo muy difícil. Cierta noche comentaron entre sus amigos que necesitaban uno. Entonces Lorena, la bella novia que tenía idiotizado a Douglas en aquel momento, les dijo:

—Yo conozco a un baterista y está guapísimo, se llama Alfonso Vélez, es de Manabí, pero ahora vive aquí.

Douglas recordó ese nombre de inmediato, era el idiota de Anexo que desbarató la batería. Hasta ese momento le dolían los puñetazos que le propinó ese animal de 1,92 metros de estatura.

Le caía realmente mal ya que, con su carisma, ojos verdes y gran sentido del humor, estaba conquistando a cualquier chica en la que Douglas se fijara, ya había pasado dos veces y había concluido que no era coincidencia.

Sin embargo, lo pensó bien y consideró que justo por esos atributos, a lo mejor era lo que necesitaba la banda y tal vez no sería malo probarlo. Troi estaba de acuerdo, pero antes de llamarlo consultó con AU-D, a lo que el rapero le respondió:

—'Simón', estaba por decirte lo mismo, ese 'man' es el que necesitas, le da presencia al grupo, tiene pegue, a ti no te gusta ni hablar y Troi tiene que saltar para que la cámara lo enfoque, olvídate de la paliza que te metió, al final si fue sabotaje —y culminó con una carcajada.

Ocho días después, el nuevo baterista de Tranzas se llamaba Alfonso Vélez y, efectivamente, tenía una sonrisa que daba luz a todo el escenario.

Cuando Lorena se enteró, le comentó a Douglas:

—Su prima me contó que Alfonso ha tenido una vida complicada, desde los siete años, cuando vieron que era alto, de ojos claros, súper guapo, lo trajeron a Guayaquil para hacer comerciales de televisión.

—Ah, ya se me hacía conocido, es el pelado de las propagandas —replicó Douglas.

—Así es, pero en esa época murió su papá, tuvo una infancia dura y dicen que era relajoso desde pequeño, que siempre andaba metido en problemas —continuó Lorena.

—Si, lo sé, es medio loco, que pena lo de su papá, pero seguro no está más loco que nosotros —culminó Douglas sonreido.

Por fin se estructuró de manera perfecta y definitiva, un cuarteto complementario, cuyo líder y máximo talento indiscutible era Douglas Bastidas, pero donde cada uno jugaba un rol particular y decisivo para crear una banda de rock pop romántico que, si hubiera sido conformada por algún productor millonario, no hubiera quedado tan bien.

TRANZAS por siempre sería:
Vocalista y Guitarrista: Douglas Bastidas.
Bajista: Troi Alvarado.
Baterista: Alfonso Vélez.
Tecladista: Alberto Vicuña.

Renacido el entusiasmo se propusieron obsesivamente, ahora sí, sonar realmente bien. Y la verdad es que se dedicaron como al principio, ensayaban en tres turnos diarios. Y le daban y le daban tratando de que quedara perfecto.

Todos se entusiasmaron porque Douglas había escrito una canción llamada ***Viviré por ti***, dedicada a Lorena, quien lo había dejado luego de un corto e intenso romance. Poco tiempo le había durado su época de bohemio, mujeriego y conquistador, nuevamente había sido conquistado y se repetía el patrón: ***No eres tú, soy yo***. Seguía entregando todo, sin límites, vivía el amor de manera intensa, extralimitando sin reservas la sensibilidad de artista transformada en pasión, y entonces pasaba lo inevitable, la chica se agobiaba, se aburría y se iba con el primer malviviente que aparecía.

Una de aquellas noches de angustia, con su guitarra y el corazón roto había compuesto:

Que no pude verte que nunca te volveré a ver
Hay tantas cosas que quiero contarte tantas
Que no pueden ser
Tuvo que acabarse no supe bien ni porqué
Fue tan inmenso y tan corto que no comprendimos
Lo que fue
Pensarás que fue un error el dejarnos mirar a los ojos
Si entendieras este amor necesito hablar
Comenzar a explicarte y talvez...
Decirte que nunca pude encontrarte
Aunque más lo intenté
Que estuve solo por todas partes decirte queeee
Cuantas veces lloré cuanto fingí ser fuerte y ves
Hoy solo quiero decirte eh eh
Que no fue fácil vivir sin verte y que la luna siempre
Dijo tu nombre por convencerme de que hoy...
Aunque no estés aquí y no quieras saber
Ya más de mí, viviré por ti...

Viviré por ti fue realmente su primera gran balada, así lo sintieron todos sus compañeros y los miembros de la disquera, parecía que por fin se veía una luz para en grupo.

Aunque la Princesa quería otra vez invertir en el grupo (pese a que los querían porque eran buenos muchachos y daban lecciones de perseverancia), la disquera entera se opuso y tuvo que intervenir su padre, para detener la nueva locura de Tranzas.

Eran nuevamente huérfanos musicales, como al principio; sin embargo, era distinto porque ya conocían a toda la gente del medio, radios, tiendas de discos, y pensaron que no sería tan difícil lanzarse solos.

Fueron nuevamente a Océano Récords, de los Bolaños, con quienes ya tenían más confianza, y otra vez el trato se cerró con un trueque:

Troi le haría dos videos a cambio de la grabación de un maxi 'single' con cuatro canciones. Se dedicó bastante, porque sus padres habían viajado a Cuba para un chequeo médico de rutina, y podía faltar a la universidad sin que nadie lo atormente.

Cuando ya había terminado de hacerle los videos a los Bolaños y estaban empezando las grabaciones de **Sha La La** y **Viviré Por ti**, como la primera balada acústica de la banda, recibió la llamada que ningún ser humano quiere recibir, la de la muerte de un padre.

Carlos Alvarado Loor, Coquín, había sido una leyenda, con muchos amigos y enemigos. Un hombre auténtico de aquellos que tienen una convicción inquebrantable para cada aspecto del destino, era la figura más importante en la vida de Troi, y fue una enorme tragedia también para la banda.

El papá de Troi siempre había sido como el padrino, aunque al inicio se había opuesto a ver a su hijo en esa vida de artista, cuando vio que nada podría hacer al respecto y además se dio cuenta, para su sorpresa, de que su hijo y el resto del grupo tenían mucho talento, empezó a apoyarlos. Les daba transporte, cobijo, lugares de ensayo, y un día le trajo a Douglas, desde Panamá, una excelente guitarra.

Era un hombre duro y respetado, pese a las circunstancias difíciles de su vida, se había construido solo. Lo acusaban de muchas cosas buenas y malas, pero era un buen padre y ninguno de los integrantes del grupo lo quería defraudar.

Naturalmente la grabación se paralizó. Todos los días, Douglas iba a la casa de Troi, se metía en su cuarto y empezaba a tocar un pequeño piano, mientras el muchacho seguía tirado en su cama, inerte, apenas convulsionando a veces, con las lágrimas atoradas. Al principio lloraba con él, pero un día, casi un mes después de la muerte, le dijo:

—Vamos, pana, levántate, la vida sigue, piensa: ¿qué te diría tu papá, en este momento, ah?

—Que no sea tan maricón —respondió Troi, y por primera vez se le pudo ver una ligera sonrisa.

Poco a poco continuaron las grabaciones, y empezaron a incluir dos canciones más: ***Un colchón en la cabeza*** y ***Te veré en el cielo***, que habían hecho entre los dos, dedicada a Coquín Alvarado:

La luna fijó mis ojos en tu mirada
Un ángel bajó y te llevó al mar
Ya no puedo verte
Pero siempre estás
Cuando me preguntas
Que puede importar
Si después
Yo te veré en el cielo
No puedo
Enséñame a volar a ti
Si sabes decir te quiero
El cielo es estar junto a ti...

La verdad fue una canción para ellos, decía algunas cosas confusas que solo ellos entenderían, por la relación de Troi con su padre.

Y sucedió lo que ya habían previsto, solo ***Viviré por ti*** tuvo apertura, llegó a número dos en una radio. Era la primera vez en cinco años, en que Tranzas volvía a estar en el 'top ten'.

Pero lo más relevante fue que Bernard Fougères los invitó a cantarla en acústico para la celebración de los 25 años de su show (el programa más famoso del país, que se transmitió durante 30 años al mediodía por la televisora local Ecuavisa).

Bernard era francés y había llegado al Ecuador en 1965 como director de la Alianza Francesa. Con sus relaciones internacionales y su programa, se había convertido en una autoridad local. Al Show de Bernard llegaban los artistas más renombrados del mundo como José José, Julio Iglesias, Rocío Jurado, y no solo llegaban al programa, también se quedaban en su casa. Su calidad humana, carisma y gran acervo cultural lo habían hecho famoso en toda América y Europa, al punto de que personalidades como Brigitte Bardot le escribían cartas personales.

El día cuando se presentó Tranzas había ido a visitarlo su hija Michelle Fougères. Era bajita, muy simpática, pelirroja y tenía por herencia el carisma de su padre.

Al final del show, Douglas la descubrió cantando su canción en un pasillo del camerino, y le dijo:

—Cantas muy lindo, niña.

Ella ruborizada solo asintió y se alejó intimidada. Solo hicieron falta cinco segundos para que Douglas quedara encantado con esos ojos claros y profundos como un océano inmaculado, en el cual no se había sumergido nadie.

Ese fin de semana sucedió algo que marcaría el rumbo de la música ecuatoriana para siempre: Michelle, con sus amigas, fue a La Playita, el bar donde tocaba Tranzas todos los fines de semana cuando no tenía contratos, o sea, casi todos. Entre canción y canción, Douglas perdió la timidez y empezó a cantar sin quitarle los ojos de encima, situación que las amigas de Michelle y los amigos de Douglas, vitoreaban.

Casi todos en el bar se pusieron de acuerdo y, antes de finalizar la noche, ya estaban sentados en una mesa, solos.

El vocalista de Tranzas, al escucharla conversar de todo y reírse como un ave ligera, quedó más impactado que la primera vez. Era una chica muy culta e inteligente, que descuadraba un poco de su entorno. Ella tenía mucho dinero y su padre era uno de los hombres más importantes del Ecuador, por lo que, desde el inicio, a pesar de su emoción, siempre sintió que no era para él.

En la tercera cita, en el mismo lugar y con la misma música que cuando la conoció, pudo darle el primer beso fugaz en aquella boca perfecta, de labios finos y tiernos. Luego la abrazó y rozó la piel de su hombro descubierto, que resultó a su tacto, lo más suave que había tocado en su vida.

Después vinieron más besos cortos, y entre cada uno, ella sonreía mordiéndose los labios.

Desde aquella noche, su aroma a brisa marina, mezclado con pétalos y frutas, se le quedó en la ropa, en la guitarra, en el alma, y desde la siguiente mañana parecía que se había quedado en el universo entero, porque a dónde iba, siempre estaba Michelle.

Fue el primer gran amor de Douglas, y el que permitiría el nacimiento de las baladas románticas más escuchadas en la historia de un pequeño país, cuya música siempre había sido triste y melódica, pero que desde Julio Jaramillo, jamás había tenido una proyección mundial.

Andaban juntos de arriba para abajo, iban a la playa, se escapaban y eran cómplices, en un mundo que nacía para ella, y que en una parte se derrumba para Douglas, porque Tranzas rápidamente salió de la lista en las radios y nuevamente estaba cayendo en picada, pero al vocalista en ese momento, era lo que menos le importaba.

Llegó el punto en que muchos de sus compañeros decían que, con la última caída, el grupo había muerto, cosa que Douglas no entendía porque tenían varios discos. Él estaba en otro mundo donde todo era de mariposas y colores.

Solo cuando necesitaba dinero tocaba tierra firme, pero luego pensaba en Michelle y todo lo veía con optimismo. Nuevamente se enamoró con alma, tripas y corazón, sin guardarse nada, ni un milímetro cúbico de alma. Solo que ahora el sentimiento era más fuerte que nunca, porque luego de seis meses veía a la niña, como la mujer con la que quería pasar el resto de su vida.

Una de aquellas noches, después de muchas gestiones, su padre le había prestado su Chevette Hatch verde de 1980, advirtiéndole que vuelva temprano porque no estaba matriculado.

Como era viernes llegó a La Playita, y encontró como siempre a Michelle esperándolo. Tocó dos canciones junto a la banda y le dio el micrófono a Troi, porque ya era bastante tiempo que él no cantaba nada.

Se fue a sentar junto a Michelle, y esa noche hablaron bastante, más que de costumbre. Douglas normalmente pasaba con una copa toda la noche, pero aquella vez tomó dos, nunca había sido bueno para soportar el alcohol.

Ella le dijo en un susurro que tenía un secreto que contarle, pero que debía prometerle que lo guardaría como un tesoro de los dos, a lo que Douglas asintió, entonces ella siguió diciéndole en el oído:

—Soy virgen y el siguiente mes cumplo 20, ninguna de mis amigas lo es, nunca he querido estar con nadie, pero ahora sí, quiero que el día de mi cumpleaños me lleves a la playa y hagamos el amor, aunque todos dicen que no, yo sí creo que eres el hombre de mi vida.

Douglas salió del bar pletórico, flotaba y exhibía una sonrisa idiota pegada y desparramada por toda la cara, ella le dijo que quería que le lleve a casa, viendo que él había ido en el carro de su papá. Entonces Douglas tuvo un instante de cordura y respondió preocupado:

—Mejor te llevo en taxi como siempre, mi papá me dijo que no tenía matrícula, si me para un policía estaré en serios problemas y ando con poco dinero, quiero dejar el carro aquí encargado, ya se me hizo muy tarde.

—No te preocupes, si necesitas, yo tengo bastante dinero en mi cajón

Lo que no le dijo Douglas era que también se sentía un poco mareado, pero sucumbió ante la petición de la joven, ¿Qué podría negarle a ella?

A medio camino en efecto, el típico uniformado, esperando a un joven e ingenuo muchacho para completar su noche:

—Licencia y matrícula

Douglas suspiró y se bajó:

—Hermano, no tengo ninguna de las dos, pero ¿sabes a quién llevo ahí? Es la hija de Bernard Fougères, pana, tú no te quieres meter en problemas con ese viejo.

—No, compañero, se va detenido, encima está tomado, y a mí no me importa si lleva a la mamá de Tarzán—

Douglas suspiró, porque sabía que estaba en problemas, y le propuso:

—Mira pana, vamos a la casa de la man, la pelada me baja un billete y quietos todos, ¿ok?

—Ok, pero si me arman relajo te juro por esta, que te vas preso, y te dejo ahí un mes

—Tranquilo, vamos —concluyó Douglas mientras se subía al vehículo.

—¿Cómo te fue? —preguntó Michelle.

—Bien, pero porfa me prestas dinero, y tiene que ser en silencio, este man no quiere problemas o me lleva preso —respondió Douglas.

Cuando llegaron a la casa, Michelle se bajó casi al vuelo, subió corriendo al edificio donde vivían, que era un amplio y elegante departamento en el centro.

Y entonces sucedió lo que había advertido el policía, y lo que Douglas le había advertido a su novia, salió Bernard por el balcón, en una bata y le gritó muy fuerte:

—Douglas, ¿qué, el señor te está pidiendo plata?—

En ese momento el policía le dijo a Douglas:

—Ya ves hijueputa, ahorita te vas preso— y trató de cogerlo del brazo para bajarlo del auto, pero Douglas se escabulló por la otra puerta, y los tragos que tenía encima desaparecieron al instante.

El uniformado lo correteó por la vereda, pero Douglas le ganó. Sin embargo, el policía que también era joven, lo cercó contra una pared, mientras el trataba de esquivarlo ágilmente como si fuera un arquero de futbol bailando ante un penal.

Entonces apareció Bernard, quien con bata y pantuflas infundía más autoridad que cualquier general de la policía:

—A ver oficial, deje por favor en paz al joven, nunca más volvera a pasar lo que haya pasado

—Señor Bernard, buenas noches, aquí el joven está sin papeles, tomado y encima se ha portado grosero

—Sí, sí, ya yo me encargo. Retírese, por favor, o tendré que llamar al alcalde —sentenció Bernard.

—Ok, disculpe señor, con usted no hay ningún inconveniente, que tenga buena noche —dijo el policía y añadió:

—Acompañaré a este joven a su casa para que no le pase nada—

—Ok, muchas gracias—

Cuando Bernard se estaba retirando molesto de la escena, Douglas se le acercó y le dijo una estupidez monumental, digna de un adolescente desubicado:

—Gracias, Bernard, buen trabajo

Y le palmeó el hombro.

Al día siguiente les contó la anécdota a los de la banda y a los del 'crew' que habían ido a ver los ensayos:

—Es que para nosotros es muy normal, el *buen trabajo*, por eso se me salió, ya lo voy a llamar a disculparme —dijo Douglas y mientras todos se mataban de risa, se le salió otra estupidez de adolescente de la que se arrepentiría toda su vida:

—Casi me llevan preso un mes, justo ahora que voy a estar con Michelle por primera vez.

Estaba en un estado hormonal idiota, que lo hacía vivir una realidad distinta, donde lo único que existía era su relación. Pero confundidos con el 'crew', estaba un par que no eran tan amigos, y les dijeron a otros, que luego les dijeron a otros, quienes esa misma noche le preguntaron a Michelle:

—¿Cierto que ya lo vas a hacer con Douglas?

De golpe y porrazo, ella decidió que no quería verlo nunca más. El hombre de su vida no podía soltar el primer secreto íntimo que ella le contara, era algo tan sagrado y delicado que jamás permitiría que se maneje como algo cotidiano y vulgar.

Durante un mes de desvelos se cansó de escribirle cartas, llamarla, ir a esperarla hasta que se asome de manera fortuita a su balcón, enviar emisarios, pero nada. Ella era determinada, nunca jamás quería verlo, y su padre le apoyaba en aquello. Él había quedado muy molesto al ver de cerca la irresponsabilidad del muchacho, y le había creído al policía que Douglas estaba muy borracho, cuando se acercó, le palmeó el hombro y lo trató como a empleado.

Y así, el primer gran amor de Douglas, solo terminó en lágrimas por culpa de un exabrupto pendejo.

Una de aquellas noches le escribió una carta final con su puño y letra. Era un papel agónico, como un clavo al rojo vivo del que se quería sujetar. Pensaba luchar hasta poder entregársela personalmente.

Entonces con la carta en la cama, la guitarra en sus piernas, empezó a percibir que se le derretían los huesos. De repente, dejó de sentir náuseas, el viento de la noche estaba adentro de su cuerpo, y el murmullo descompuesto del llanto se fue convirtiendo en melodía. Todos sus recuerdos musicales estaban procesándose al mismo tiempo entre sus neuronas, y como una computadora avanzada que conecta todo a velocidades insospechadas, su cerebro empezó a componer, en una armonía perfecta y cadenciosa entre su alma, sus recuerdos, sus emociones, su talento, su guitarra y la carta.

Solo en ese momento y sin saber cómo a sus 23 años de vida, empezó a surgir la magia. Desde ese instante, y para el resto de su vida, pudo interpretar y traducir el dolor presente, en música, con un mensaje que lo estremecía, porque no solo era su propia realidad sino nuevamente su conexión con el universo y con ese amor infinito que ahora se le estaba escapando, como la vida entre las manos:

Yo sé que nunca podrás perdonarme
Que siempre fue tarde para explicarte
Tal vez sea mejor así
Yo sé que nunca fuiste para mí
Aunque te inventen mil cosas aparte
Lo único que hice siempre fue adorarte
Pero otra vez perdí
Nunca entendí este juego de vivir
Y aunque quieras encerrar tu corazón
Tu corazón
Y no exista nada más entre tú y yo
Aunque no estés, mi amor,
Solo dime si recuerdas
Cuando nos quisimos
Cuando no había nada más
Nuestro cariño
Cuando conversamos
Cuanto nos reímos
Mirando el amanecer
Dime si recuerdas
Cuando caminamos
Cuando no pudimos
Parar de besarnos
Cuando nuestras manos
Crearon un mundo
Que nadie pudo entender
Dime si recuerdas
Tengo caricias que no pude darte

Tengo tantas noches sin poder abrazarte
Tengo mi libertad
Aunque parece a veces soledad
Tengo mis manos que quieren tocarte
Tengo tantas ganas de salir a buscarte
Pero no sé partir
Por este miedo que siento de ti
Y aunque quieras encerrar tu corazón
Tu corazón
Y no exista nada más entre tú y yo
Aunque no estés, amor...

Aquella noche despertó el monstruo de siete cabezas y con **Dime si recuerdas** empezó la época más prolífica que compositor alguno habría de tener sobre estas tierras. Puede que hayan existido excelentes y mejores cantantes, músicos de niveles increíbles, pero ninguno se le acercaría como compositor en los siguientes 30 años.

Desde ahí comenzó a construir música por instinto y a estar receptivo a las melodías que llegaban desde algún misterioso lugar donde las cosas que no se pueden ver, suceden.

Entonces empezó a capturar de manera sistemática, las letras que surgían del mundo y de la vida cotidiana, como un arqueólogo del amor, como un coleccionista de frases e ideas que hacía canciones sobre lo que se decían y se habían dicho las parejas desde el principio de la historia del Hombre.

Mientras todo eso sucedía en su cuarto y en su corazón, Alfonso, Alberto y Troi seguían en la universidad pensando que eran un grupo del recuerdo y que prácticamente habían muerto como artistas. Douglas todavía no les hacía escuchar su canción.

Un par de noches después de componer **Dime si recuerdas**, la magia sucedió otra vez. Estaba saliendo de La Playita, ahora sí un poco ebrio y había decidido caminar las 40 cuadras hasta su casa, para autocastigarse por su estupidez. En una de aquellas veredas un viejo borracho tirado en el piso, hablaba con una mujer invisible y con la voz arrastrada:

—Nada va a suceder si tú no estás, el sol igual, igual va a salir mañana...

Cuando llegó a su habitación ya tenía toda la letra y la melodía con las notas correctas compuestas en su cabeza, lo que hizo fue transcribir **Seguir de Pie** y luego comprobar la música con su guitarra:

Sé qué piensas en dejarme no me digas más
No sé qué sentirás, porque yo ya no puedo más
Sé que piensas que me moriría si te vas
Sabes no es tanto así, de tanto que perdí hoy podría
Hasta reírme de verte partir
Pues nada va a suceder si no estás aquí,
El sol saldrá mañana sin ti
Y esta noche saldrán estrellas, quizás y no sean tan
Bellas como ayer
Cuando estabas en mí y yo confiaba en ti
Aprendí a no ser tan fiel y aun al caer seguir de pie
Sé que piensas que a nadie como tú voy a encontrar
Te quiero es verdad y como tú hay muchas más
Sé que piensas que eres la más grande tempestad...

La verdad no sabía lo que estaba sucediendo, pero se sentía distinto como músico, algo misterioso había pasado de pronto. Siguió componiendo y almacenando maquetas, que no estaba dispuesto aún a mostrar a nadie. Sabía que eran buenas, pero se había perdido tanto la fe y estaba en una total depresión, que no era totalmente consciente de lo que estaba logrando.

1993

Los Tranzas habían sucumbido a la influencia del 'crew'. En ese momento ya eran tristemente célebres por el Trópico Seco, un licor nacional muy fuerte y barato, que se reunían a tomar en un parque cerca de la casa de Troi. Ya no lo llamaban Trópico, sino Troi-co Seco.

Los padres de todos estaban a punto de formar un club para organizarse y sacarlos de esa vida, que la universidad no hacía más que empeorar.

Cierto día a las 10 de la mañana, mientras Douglas estaba en su cama luego de una macabra borrachera, sintió que su cama se hundía en un costado. Era su padre.

Solo ese movimiento hizo que le doliera más, hubiera preferido un disparo en la cabeza, a seguir con ese dolor que le hacía lagrimear los ojos.

—¿Cuántos discos es que has hecho? —le preguntó el viejo.

—Tres —respondió Douglas desde el más allá.

—Mmmm y ¿cuánta plata te han dejado? —siguió interrogando Luis Arturo Bastidas, con un tono que Douglas reconocía como peligroso: amable, pero que escondía muchas ganas de reventarlo a latigazos.

—Papá, este nuevo disco ya tiene una en 'top ten', además he compuesto otras mejores —se defendió Douglas.

Habían tenido ya muchas conversaciones parecidas, y siempre terminaban en lo mismo, su padre se impacientaba y le pedía que deje la música, pero esa vez se sentía distinto.

Estaba seguro de que su hijo mayor tenía talento, pero por las urgencias económicas, la desesperación al verlo desperdiciando su vida, y la convicción de que era el ser humano más caprichoso que había conocido, lo lapidó para presionarlo:

—Tienes 23 años, no tienes una carrera, no tienes un trabajo, no tienes mujer, y ¡es mentira!, no tienes tres discos, tienes tres intentos fracasados. Hasta el momento has arruinado todo en lo que te has metido. No vas a lograr nada en tu vida y no quiero ser testigo de eso. Haces tus maletas y te largas hoy mismo —y salió azotando la puerta de la habitación.

Cualquier muchacho se habría puesto a llorar, con la autoestima y las esperanzas destruidas para siempre, pero este no era cualquier muchacho, era Douglas Bastidas, y dijo en un susurro furioso, dedicado a su padre y a todos quienes le decían que era un fracaso:

—Denme tiempo, ya van a ver todos de lo que soy capaz.

Cuando lo rechazaban o le decían algo hiriente, lo que hacían era echarle combustible al fuego, y el fuego alimentaba al animal. Fue realmente en ese momento, cuando decidió que no solo quería ser número uno en las radios del Ecuador, sino en todas las radios del continente.

Uno de aquellos días de despecho, estaban sentados en el garaje de la casa de Troi, con la espalda apoyada en la pared sin pintar. Al fondo, una batería destartalada, un bajo con tres cuerdas porque la cuarta se había roto, un teclado chimuelo y la guitarra de Douglas de la que, por su estado, salía más pena que música.

—*"Sueño Astral"*, fue una desgracia, ese disco parece de drogadictos como dijo la chica de Ifesa, y *"No"*, con ese nombre jamás iba a pegar pana, cómo se te ocurre ponerle *"No"* a un disco, y *"Sha La La"* ¿qué mierda es eso? La plena que esa canción es horrible, nos equivocamos en todo.

—¡Troi! —le increpó Douglas a secas— ¿Y por qué no propusiste otros nombres y otra música? No pana, no sonamos como banda y tienes razón, las canciones son flojas, *"Plástica"* es la única buena en cinco años, bueno *"Viviré Por ti"* está bacán y *"No Sé Cómo"* también sirve—

—No sé qué vamos a hacer con Tranzas —siguió cuestionando Troi, más calmado.

Douglas con la voz ligeramente quebrada, le respondió:

—No sé maricón, pero mi papá ya me botó de la casa, encima Michelle, la mujer de mi vida me odia, no tengo ni un sucre, estoy completamente arruinado —luego añadió con un poco de esperanza —pero he estado trabajando en nuevo material...

Troi continuó y con angustia le dijo:

—Por lo menos te dijeron que te vayas, creo que el mío es capaz de bajar del cielo a pegarme si no busco trabajo y le ayudo a mi mamá. Él siempre decía que no tendrá jamás un hijo vago.

—Yo sí creo que baja, tu papá era cosa seria —se burló Douglas con una ligera sonrisa.

—Ya conseguí trabajo —respondió Troi con voz de resignación— voy a trabajar en una agencia de publicidad, ya tenemos 24 años pana y estamos viejos y valiendo, creo que no va más Tranzas, hemos ensayado a full y no nos sale nada. Toquemos los fines de semana, si te parece...

Por un momento Douglas olvidó a Michelle y sintió como si algo se le estuviera cayendo en un vacío eterno, como si no tuviera sentido ninguna otra cosa en la vida, entonces siguió escuchando muy a lo lejos a un Troi desconocido que decía:

—Pana, te puedo conseguir también un trabajo

Lo que ni Troi ni nadie sabía era que Douglas hubiera preferido mil veces un tiro, a tener un destino normal de trabajo, de aburrido padre de familia, alejado por completo de la música y el arte. Entonces, se paró de golpe, fue a coger su guitarra, se sentó en un taburete y empezó a cantar lentamente:

Si ayer dije que te quería
Fue verdad
Pero hoy después de tantas ironías
Después de compartir tantas tristezas y alegrías
De tanto caminar
Después de ver la forma en que me miras

Cuando quieres que sonría
Y no sabes ni escribirme sin faltas de ortografía
Y verte vulnerable cuando piensas que algún día
Yo no te quiera más, no más
Hoy te amo irremediablemente
Después de conocer cuántas mentiras dices de repente
Después de comprender que simplemente No eres lo que yo
soñé
Eres mucho más, mucho más...

Luego dijo lentamente, una frase que nunca iría en la canción, como si hablara para sí mismo:

—Mi muñeca del cielo, te amo

Troi se quedó congelado, mirando y escuchando algo nuevo, algo distinto, una voz intracelular inestable, pero profunda.

Douglas paró de cantar y le dijo:

—Tengo varias canciones que no te quería mostrar hasta que estén terminadas, la verdad tengo cuatro, pero en la cabeza como 20, mi cerebro está explotando, créeme tengo cosas buenas... ¿Sabes qué, pana? Un disco más por favor, si este disco no pega, ya cerramos la tienda; recuerda, yo soy el más arruinado de todos, no puedo fallar.

—¡Bacán! Vamos uno último -respondió Troi entusiasmado y sonreído— ¡Con todo, pana! ¡Qué más da! Esa canción está buenísima, me dio ganas de ir a pedirle perdón a mi pelada —y terminó con una gran sonrisa.

Douglas cruzó el brazo sobre su espalda y le dijo:

—Dame un mes, compadre, y ahora invítate el almuerzo, que a la doña de la tienda ya le debo 15 sándwiches...

Desde aquel día, con el apoyo moral de todos los miembros de la banda, Douglas se fue a jugar la vida en su cuarto. Encerrado con una guitarra y una libreta, convencido de que, si no hacía un buen disco, moriría, continuó con ese extraño proceso creativo.

Empezó a registrar todo en una grabadora, como loco trabajó 30 días seguidos, y nadie se dio cuenta porque igual siempre pasaba como zombi. Solo sabían sus compañeros de la banda. Troi estaba ya muy ocupado en su carrera, pero Alfonso y Alberto se turnaban para llevarle chaulafán (arroz chino) y gaseosa, que era lo único que necesitaba.

Con las primeras cuatro canciones completas en su totalidad, convocó a la banda. Lo escucharon muy serios sin expresar nada. Cantó: ***Te amo irremediablemente, Dime si recuerdas, Seguir de pie y Amarte.***

Lo hizo con un nuevo estilo: parado, la guitarra bien abajo, los ojos cerrados, la cara arrugada y la cabeza un poco ladeada, que seguía el ritmo de la cadencia de su voz y la melodía de su guitarra.

Cuando abrió los ojos, los tres estaban llorando, luego, por primera vez en la historia los Tranzas hicieron un ridículo y hermoso abrazo de grupo. Troi empezó una oración, y todos lo siguieron.

Tranzas había renacido.

Desde ese momento, Alberto, emocionado, empezó a hacer las intros en el teclado y Alfonso a sacar lo mejor de su creatividad en la percusión. Mientras tanto, Troi empezaba las gestiones para poder grabar, ahora sí, algo impresionante.

Troi llegó a los pocos días con la mala noticia:

—Nadie quiere grabarnos, nadie confía en nosotros, apestamos para la industria musical del Ecuador, además no tenemos un centavo

Las canciones cada vez sonaban mejor con los arreglos de la banda, y todos sabían que por fin estaban haciendo un disco notable.

—Solo una persona nos puede ayudar —dijo Douglas

—¿Quién? —preguntaron en coro.

—Martín Galarza, su pequeño estudio ha crecido y aunque me odie por vacilarme a esa pelada, todavía nos debe un favor.

—Igual hay que pagarle, también anda jodido —acotó Alberto.

—Todavía tengo una vieja tarjeta de crédito de mi papá con saldo; podemos usarla, luego veré como pago —concluyó Troi.

El 28 de enero del año 1993, a las 10 de la mañana, Douglas Bastidas tocó la puerta de Martín Galarza, en la ciudadela Urdenor.

AU-D sabía que habían fracasado en tres discos seguidos y por obvias razones no tenían disquera, ni nadie quien confiara en Tranzas.

Martín tenía exactamente la misma edad que Douglas, pero el Rey del Micrófono había hecho **Tres Notas** como su gran su hit y otras canciones como **Vago**, con las que había conseguido ser muy reconocido.

Además, había fundado ya un estudio de grabación en su casa con los conceptos de sonido aprendidos en Estados Unidos, ese estudio era famoso en Guayaquil porque trabajaba con nuevas bandas a muy bajo presupuesto. Ahí había producido a Rubén el Rey, Los Dos Ángeles y La Colección, grupos que habían tenido su momento de fama en la localidad.

—Pana, buenos días, yo sé que estás cabreado conmigo, pero vengo a pedirte disculpas, nunca fue mi intención joderte, y la verdad necesito un favor —le saludó Douglas con un verdadero nudo en la garganta, tratando de dominar su angustia.

—Por favor, no comentes nada de nuestro pasado aquí en mi casa, pasa —respondió en seco Martín.

Se sentaron en la humilde sala, su esposa estaba consolando a su hijo que se había caído y no paraba de llorar.

—Tenemos cuatro canciones y necesitamos grabar un disco, si es que no sacamos algo bueno ahora, nos vamos a retirar —dijo con un suspiro Douglas.

—Ok, y cómo me vas a pagar si todo el mundo sabe que estás jodido —respondió AU-D implacable.

Douglas prosiguió, un poco desmoralizado, pensando que el rapero, tal vez, solo quería humillarlo un poco:

—Tenemos la tarjeta del papá de Troi, todavía está vigente— AU-D sonrió y le dijo:

—¿Y? ¿Qué piensas, que soy comisariato y puedes comprar aquí con tarjeta?

Entonces se detuvo, pensó, miró de reojo a su esposa y continuó más calmado:

—Cada semana, mientras dure la grabación, Troi irá al comisariato con mi mujer y hará todas las compras, además tú las acomodarás en la cocina.

—De acuerdo —respondió Douglas con un gesto contradictorio, porque mientras arrugaba su entrecejo, sonreía de oreja a oreja.

—Pero te vas a dejar de huevadas —continuó AU-D— escucharás todas mis indicaciones, ahora vas a cantar bien, sin miedo, vamos a trabajar con guitarras programadas, baterías programadas, ¡vamos a hacer esto bien!

—Lo que usted diga, maestro, y tranquilo, ya no más bailarinas 'for me' —culminó Douglas con una carcajada.

A lo que Martín Galarza respondió con un puñete fuerte en su pecho.

Siempre serían grandes amigos, de los que no necesitan hablarse, pero que siempre tienen la certeza que el uno está para ayudar al otro, no solo porque eran contemporáneos sino porque compartían una complicidad genética y artística que pocas veces se vería en el Ecuador.

Al día siguiente empezaron a grabar, tenían ocho canales análogos y programaban las baterías y teclados. Martín hacía una mezcla virtual con el secuenciador sincronizado a los canales análogos de la consola, y el resultado final estaba quedando espectacular. No había pérdida de calidad en las mezclas. La voz y todos los instrumentos sonaban como una banda profesional de los Estados Unidos, solo AU-D con su formación de ingeniero en sonido podía hacer ese milagro con bajo presupuesto.

No podían creer lo que estaban logrando, cuando el último día sucedió un extraño accidente, y Martín reseteó la consola de tal manera que borró todo lo avanzado en dos semanas. Luego del pánico de todos, con resignación, empezaron desde cero y el resultado fue aún mejor.

El problema fue que, después de varios días de discusión, no sabían que nombre ponerle al álbum. Entonces Alfonso tuvo una idea, pidió el teléfono de la casa de Martín y fue a realizar una llamada, regresó sonreído y dijo:

—Se llamará: ***A Marte***, porque Amarte es más difícil que llegar ***A Marte***.

—Está excelente, pero no tenemos una canción que se llame así —replicó Troi.

Entonces Douglas respondió:

—No en este momento, pero en una hora sí...

Entonces, compuso ***A Marte*** demostrando a todos que lo del nacimiento de un compositor gigante no era broma.

En menos de un mes tenían el primer casete. Lo primero que hizo Douglas fue enviárselo a Michelle con un ramo de flores.

Ricardo Polit tocó el timbre en la casa de la familia Fougères, se lo entregó y le dijo:

—Te manda Douglas, por favor, escúchalo.

En realidad, Michelle no había dejado de quererlo, y aquella noche luego de llorar durante una hora seguida, escuchando y repitiendo la cinta, llevó a su papá a su habitación y le dijo que tenía que escuchar esa música. Desde esa misma noche, Bernard empezó a tocar en su piano ***Seguir de Pie***.

El siguiente viernes, mientras Douglas empezaba a tocar en La Playita por primera vez en vivo ***Seguir de Pie***, entró Michelle junto a sus amigas y se sentó en el mismo lugar de siempre. Al principio no lo miró, pero cuando empezó a cantar ***Dime si recuerdas***, él pudo ver que estaba llorando.

Esa misma noche volvieron y la música, realmente una obra del dueño del Universo, nada más capturada e interpretada por un ser humano común y corriente, hizo el milagro.

Aunque logró recuperarla gracias a la música romántica como Orfeo a Eurídice en la mitología griega, el reencuentro no duró mucho. Michelle lo encontró distinto, Douglas estaba con muchas ideas en la cabeza sobre lo que estaba componiendo, parecía que no vivía en este mundo. Ella le hablaba mientras él discutía internamente sobre una nota de alguna de sus canciones.

Y en su extrema sensibilidad, tuvo algún rechazo inconsciente. No le perdonó nunca que lo hiciera sufrir tanto por culpa de un exabrupto, pensaba que si de verdad lo amaba no lo habría dejado. Sin embargo, hasta en el subconsciente, el cerebro del ser humano debate para entender cuándo es excusa y cuándo es realidad. La verdad era que en ese momento ya no tenía tiempo para el amor, estaba cabalgando, por primera vez a todo galope, sobre la bestia interna de la composición.

Entonces, luego de un par de meses de una relación distante, ella le dijo que prefería que fueran amigos. Él se alegró y dijo para sí: *ahora me salen más canciones*, pero no fue así, porque un corazón de artista noble, puede amar como un idiota, pero jamás se recupera de una herida. Por eso, pocos lo entenderían en sus siguientes años, ya que su sensibilidad caminaba siempre en una cuerda floja sin malla, donde todo para él era de vida o muerte.

La abrazó y le pidió que sea su amiga para siempre, y así sería en espíritu, porque nunca más se volvieron a encontrar, aunque durante el resto de su vida Michelle contaría en cada reunión social que ***Dime Si Recuerdas*** fue compuesta para ella.

El 6 de mayo del año 2018, 25 años después, nuevamente la volvió a abrazar en el sepelio de su padre, el eterno Bernard Fougères.

1994

Cuando tuvieron el disco de acetato y el casete con las cinco canciones de ***A Marte***, lo lanzaron a todas las radios, y empezó a hacerse realidad por primera vez un sueño con las bases musicales correctas. Muchos años después Douglas entendería que él no estaba haciendo baladas desde la misma balada poética, buscando en su origen la esencia de la música, sino que él componía las baladas desde el rock más elemental que lo había alimentado desde la infancia.

Poco después, en la transición de la industria, éste sería su primer CD.

Las cosas habían cambiado en su casa, de un momento a otro se habían dado cuenta que tenía verdadero talento. Cuando pasaba encerrado dándole a la guitarra, ya no era el inservible vagabundo perdiendo el tiempo, sino el genio componiendo. A medianoche, mientras su padre lo escuchaba tocar, ya no lo callaba; se daba la vuelta y dormía sonriendo. Desde que Tranzas apareció en el Show de Bernard, todo el mundo lo había felicitado.

Luego de sacar ***A Marte***, todavía podían ir al parque de Tranzas. Cuando lo hacían se armaba un verdadero relajo que normalmente terminaba en una puñetiza encabezada por Ricardo Pólit o con los Tranzas borrachos llevados como costales al Bulín, pero antes de que eso suceda, unas cuantas chicas se amontonaban y Douglas cantaba algo solo con la guitarra.

Se sentía orgulloso de lo que había compuesto, aunque nunca sabría a lo largo de toda su carrera, cuando sería un 'hit' o un lamento más, como una carta en una botella lanzada al mar para un amor perdido, y para el otro indescifrable monstruo: el público.

Cierta noche mientras tocaba en una banqueta del parque con Troi en segunda guitarra y Alfonso en una percusión improvisada, algunos jóvenes se juntaron a su alrededor sorprendidos, **Dime si recuerdas** empezó a llamar la atención de todos, al punto que algunas personas aparecieron en las ventanas de las casas aledañas.

Ya no tomaban Trópico, ahora Douglas en sus pies exhibía una botella de whisky Buchanan´s.

Esa generación estaba influenciada por un legendario comercial de televisión que se llamó el Hombre Buchanan´s, y cuya canción decía: *Es un hombre decidido que disfruta de la vida...*, las imágenes eran de un hombre millonario, que vestía muy elegante, viajaba en helicóptero, luego en un auto de lujo. Era un triunfador que conquistaba a la mujer más guapa del mundo mientras tomaba Buchanan´s para lograrlo.

Esa noche Douglas no era Douglas, el vocalista de Tranzas, sino el hombre de Buchanan´s.

Y la jornada acabó sin mucho éxito para él, porque no tenía ni helicóptero ni carro, peor carro de lujo. Recién empezaba.

Entonces una joven delgada, bajita, de cabello negro, con facciones finas y simétricas, que rompía su estereotipo, viendo que él estaba discutiendo medio mareado porque nadie quería llevarlo a su casa, le preguntó:

—¿Quieres que te lleve?

Él se quedó pensando, y asintió ligeramente avergonzado.

Caminaron un poco y se subieron a un auto deportivo americano, aparentemente recién comprado. Para defenderse con música sacó de su bolsillo el casete de **A Marte**, con las cinco canciones. Lo puso en el radio del vehículo, y antes de que empiece a sonar, medio borrachoso, le dijo:

—Esto es muy bueno, con esta música seré número uno.

La chica escuchó sin expresiones todo el casete mientras manejaba en silencio.

A ella no le gustaba ese tipo de melodías, así que se sorprendió más de la determinación del joven músico, que de las canciones.

Estaba manejando hacia el Sur y cuando quiso preguntarle más detalles de cómo llegar a su casa, Douglas estaba dormido.

Sin otra solución lo llevó a su departamento en Urdesa, la urbanización más exclusiva del Guayaquil de los ochentas y noventas. Con mucha dificultad lo despertó, y lo cargó, apoyado en sus hombros al sillón de su lujosa sala.

El despertó un poco, observó el departamento y la impresionante vista de toda la ciudad. Entonces recordó con pánico, que había dejado botada media botella de whisky en el parque, y antes de caer desplomado alcanzó a decir:

—Tú eres la mujer Buchanan´s...

Esa sería la primera de 1.825 noches que dormiría feliz en aquel departamento.

Al día siguiente abrió los ojos y durante unos minutos no recordó dónde estaba. Luego, en silencio, descalzo, fue a la cocina a buscar agua.

La encontró ahí haciendo el desayuno, de espaldas, silenciosa, con una pijama de seda muy corta, que dejaba ver su figura tan blanca y tan tersa, que parecía que el sol de la mañana se reflejaba en ella.

Le dolió algo en algún lugar desconocido, le invadieron unas cosquillas inéditas, pero que tal vez había sentido antes, no estaba seguro.

Después fue consciente. Hasta el momento solo había sentido mariposas, pero en ese instante, gallinazos le devoraban las tripas.

Al aparecer en silencio, ella se asustó y con una suave sonrisa le invitó a sentarse en el desayunador, aunque lo último que deseaba era comer en ese momento.

Se llamaba Silvia Verdezoto, tenía 22 años, era guayaquileña, y trabajaba como representante en el Ecuador de una fábrica ferretera italiana.

Douglas nunca supo lo que le preparó para el desayuno, porque ella estaba en el mismo vagón, de la misma montaña rusa hormonal.

Silvia le enseñó a besar de manera profunda y completa, porque detrás de su vida de artista bohemio y conquistador lo único que había aprendido hasta ese momento era solo a caminar tomado de la mano de alguna chica y robarle un pico al descuido, creyéndose muy seductor por aquello.

Hicieron el amor ahí mismo, luego por todas partes, cinco veces seguidas, él tenía la pasión acumulada de 50 canciones sin fecundar, y ella la de cinco años con tres amores estériles.

Ella le prometió que le enseñaría el mundo y él que le compondría cinco mil canciones para enamorarla y, por la fuerza juvenil de la pasión, ambos cumplieron su promesa.

Esa primera tarde, cuando salieron a respirar otro aire que no estuviera contaminado por la humedad de sus cuerpos, pararon en una tienda de licores. La chica se bajó y pidió dos cajetillas de cigarrillos. Solo en ese momento recordó que aún él era muy pobre y que ella tenía mucho dinero. Douglas para comprar dos tabacos tenía que ser un verdadero artista y hacer que alcance lo que tenía en el bolsillo, lo que un pana le completaba, y su habilidad para fiar una parte.

Esa noche, mientras él tocaba su guitarra, ella le comentó que según "Ciertas Teorías" las almas gemelas existían, se buscaban en cada reencarnación y siempre se encontraban para ser felices.

Al día siguiente se mudó. Sus padres no le preguntaron nada, era cuestión de tiempo. El animal había crecido, quería devorarse al mundo y la casa era una jaula muy pequeña.

Su madre encontró entre sus pertenencias un viejo cuaderno de espiral de cien hojas, que tenía en cada hoja, una canción. Lo apretó contra su pecho y supuso que con ello tendría una excusa para que algún día volviera.

Como Troi había hecho la novela Asfalto Caliente, y las dos producciones para los Bolaños, se decía que sabía hacer videos. Una mañana mientras ensayaban, les propuso que hicieran uno para **Dime Si Recuerdas**.

—Necesitamos presupuesto, amigos, modelos, un creativo, local, equipos, bien jodido, eso —dijo Douglas alicaído.

—Yo tengo un amigo, tiene apenas 18 años y acaba de ganar un Cóndor de Oro por un proyecto publicitario, ese man es un genio como creativo, fue al que llamé ese día, él nos dio el nombre y el slogan de A Marte —acotó Alfonso entusiasmado.

—Yo hablo con unas peladas de la universidad y fijo participan gratis del video, ¡anímate, maricón! —complementó Troi.

—Bueno, bueno, hagámosle, es la plena que esa canción merece un video —concluyó Douglas.

Al día siguiente, Alfonso llevó al ensayo a su amigo. Se llamaba Carlos Ferrín, y efectivamente era muy joven, extremadamente delgado y alto. Su actitud, muy seria, y de súbito, antes de presentarse, con su voz infantil, les dijo:

—Canten la canción de la que quieren el video, por favor —solicitó el muchacho.

—Ya ponemos el casete —dijo Douglas.

—No, por favor, cántenla —insistió el muchacho.

Entonces, un poco en serio y un poco en broma, empezaron a cantar **Dime si recuerdas**. En ese momento Ferrín se quitó la mochila, se acomodó en el piso y sacó una libreta de notas, en la que empezó a garabatear algo.

Cuando terminaron de tocar, Alfonso, con su sonrisa de siempre, dijo:

—Este man está loco —y le quitó la libreta de las manos.

Eran una especie de fotogramas donde había dibujado perfectamente, todo el video como si fuera un cómic, y a Douglas con una boina, gafas y el pelo recogido.

Entonces, el creativo añadió:

—Consigan una modelo principal, tres auxiliares, un telescopio, un parlante de carro, cuatro pelotas de ping pong, y una caña de pescar. El sábado nos vamos a un desierto a filmar.

Y realmente así fue como se filmó el video original de **Dime si recuerdas**, en una zona muy árida de la actual provincia de Santa Elena. Con el parlante y las pelotas, armó un platillo volador que se hacía girar con una caña de pescar.

El video rompió esquemas, como todo lo que ya empezaba a hacer Tranzas.

Fue el primer video musical en el Ecuador con efectos especiales, una historia completa, capacidad creativa, excelente producción y apenas había costado la gasolina de la Coquina, cuatro sándwiches de mortadela y una Coca Cola de dos litros, que le dieron como paga a las modelos.

Carlos Ferrín se convertiría luego en un renombrado publicista que con su genio pondría presidentes y haría campañas para grandes empresas; pero desde aquel día y para siempre, por su creatividad y ayuda incondicional al grupo, fue bautizado como el quinto Tranzas.

1995

Una de aquellas mañanas estaba ensayando, y entre canción y canción, celebraban que Douglas nuevamente se había enamorado.

—Y ahora cómo hacemos para que esa pelada lo deje, necesitamos más canciones —comentó sarcástico Alfonso.

—Todos nuestros "amiguitos" que decían que éramos un desastre, ahora dirán que esas canciones fueron de suerte, ¿ustedes creen que les voy a dar gusto? Nuestro segundo disco será mejor, se los prometo —dijo agresivamente el vocalista.

Entonces todos rieron y Douglas empezó a cantar una canción que aún nadie había escuchado hasta el momento:

Me dijeron
Que el amor casi no existe
Que por todo lo que hiciste
No debía ya ni pensar...
Me dijeron
Que me tome un par de días
Que según ciertas teorías
Esto se me iba a pasar....
Y yo no sé...
Y me contaron tantas cosas de ti
Me preguntaron por qué no estás aquí...
Y....
Yo solo sé que te amo
Que la vida no fue fácil...

Nuevamente todos congelados, mirándolo cantar por primera vez: **Ciertas Teorías**. De inmediato supieron que la potencia de la frase y la melodía, la convertirían en un nuevo éxito; además, no entró en discusión que tenía la fuerza suficiente para ser el nombre de su siguiente disco.

Sabía de pronto cómo componer canciones, y empezaban sus años de mayor capacidad creativa. Se ponía tareas, o pequeños retos: *voy a la tienda a comprar tabacos, cuando regrese, tendré una nueva canción.* Y así empezaría a producir como una máquina, cientos de canciones, tantas que muchas veces no tendría tiempo de mostrar y arreglar. Muchas melodías y letras que hubieran sido trascendentales quedaron archivadas en varios cuadernos. Cientos de canciones olvidadas quedaron a la espera de que algún momento tuviera suficiente vida, para cantarlas todas, aunque fuera a *ultranza.*

1996

Tranzas estaba sonando más que nunca en las radios y más que cualquier otro grupo o artista ecuatoriano precedente.

Para Silvia no fue sorpresa, nunca había conocido a nadie tan sensible, pero a la vez tan determinado.

Lo acompañaba a todos los conciertos y cada vez que veía como cientos de chicas le gritaban y se le acercaban, miles de agujas se le clavaban por todo el cuerpo, pero nunca decía nada, disimulaba bien y, según ella, jamás sentía celos.

Cuando lo escuchaba practicar en la terraza del departamento, casi a medianoche se sentaba a su lado en uno de los sillones de mimbre acolchonados. Escuchaba su guitarra, y su voz dulce y profunda empezaba a penetrarle hasta el alma; luego lo besaba y él le hacía el amor despacio, mientras con los ojos entrecerrados observaban juntos las luces de la ciudad de Guayaquil, que descansaba muy fresca con la brisa del río, luego de haber sido cocinada a fuego lento durante todo el día por el intenso sol ecuatorial.

Una de aquellas mañanas, cuando ya llevaban siete meses viviendo juntos y planificaban sus días y su futuro, antes de que él empezara los ensayos y ella a coordinar las importaciones de la empresa para la que trabajaba, Silvia le entregó un sobre sonreída y le dijo:

—Es un regalo

Él en silencio lo abrió y encontró dos entradas negras, con unas siglas que no podía ni leer de la sorpresa: AC/DC.

—¿Quéeee, van a venir a Ecuador? —preguntó Douglas.

—No, tonto, lee bien —respondió ella empezando una carcajada. Entonces él pudo leer más abajo: Live Milano Italy.

—Ya compré los pasajes, nos vamos el domingo —concluyó ella, mientras salía corriendo a vestirse porque estaba retrasada.

Douglas se quedó mirando al techo sorprendido, no lo podía creer, todo lo bueno de la vida junto: novia hermosa, disco pegando durísimo, viaje a Europa, y algo solo superado por los Beatles: AC/DC.

Esa misma tarde, al terminar el ensayo, Douglas anunció divertido:

—Voy a abrir el concierto de AC/DC en Italia—

Todos lo miraron confundidos abriendo los ojos más de lo normal, a lo que completó:

—Es broma, pendejos. Silvia me invitó a pasar vacaciones en Europa y ya compró las entradas para ver.........y en ese momento empezó a tocar con su guitarra Back in Black:

Tan... tan... tan... pan... tararán...tararán...pan

Alfonso, pese a que era el más risueño y bromista, siempre que el asunto tenía que ver con Douglas, su actitud cambiaba. Por lo tanto, comentó frustrado:

—Otra vez perderemos a este idiota, se enamoró— aludiendo a lo que había pasado con Michelle.

—Tranquilos —añadió Troi tratando de suavizar la tensión- allá lo deja por un italiano y tendremos nuevo disco.

A lo que todos respondieron con una risa fingida, porque en realidad empezaron a preocuparse. Sabían que, sin Douglas, no había Tranzas.

Primero llegaron a Nueva York, y desde ahí tomaron un vuelo a Roma. Para Silvia era rutinario, para Douglas la primera vez que se subía en un avión y la primera vez que salía del Ecuador. Disimuló bien, parecía que ya había viajado muchas veces, salvo que, al cambiar de avión en EEUU, no podía abrir el cinturón de seguridad, lo estaba haciendo con mucha fuerza, y del modo que no era, pero Silvia le ayudó para luego darle un pequeño beso.

Llegaron por la tarde a Roma, luego tomaron un avión pequeño que partiría una hora después a Milán. Al cambiar de avión tuvieron que caminar por la pista, y Douglas pudo sentir el invierno europeo. Era un frío distinto que le penetraba hasta los huesos. Había nacido a nivel del mar y, para él, Quito era el polo norte. Lo que vivió ese momento fue una especie de angustia interna como si estuviera desnudo, pese a que llevaba un gran abrigo. Por ello, solo pudo decir susurrando y tiritando:

—Me voy a morir...

Cuando aterrizaron en Milán, el clima era también frío, pero mucho más agradable. Partieron directo al hotel Chopin, ubicado muy cerca del aeropuerto, no tenían tiempo que perder, la joven había preparado una agenda de un mes de vacaciones, iban a recorrer toda la bota itálica, y empezarían al día siguiente con el concierto en Milán.

Al mediodía, llegaron al coliseo de Milán para hacer la cola. Las entradas se habían agotado dos meses antes, pero el jefe de Silvia le había ayudado a conseguirlas.

Entraron al concierto ya casi en la noche, estaban agotados, con sueño, al punto que Silvia se estaba durmiendo en sus piernas, pero cuando dieron las nueve, no solo ellos se despertaron sino toda la ciudad.

La gira era para lanzar su último disco, Ballbreaker, que era el nombre que tenían las enormes bolas de acero que se usaban para demoler edificios. Y así habían montado una gigantesca escenografía, con una ciudad clásica de cartón-piedra y la gran bola suspendida.

Era sobrecogedor: las luces, el escenario, y la descarga de decibelios con 12 mil vatios, pero todo fue devastador cuando Angus Young se empezó a pasear por el escenario, con sus pantaloncitos cortos de colegial; empuñando su guitarra como si fuera un arma y él estuviera en una guerra rodeado de enemigos. Lo hacía como siempre, de forma compulsiva y salvaje. Cuando inició con los compases de Back in Black, la canción más memorable hasta ese momento en la vida de Douglas y en su amor por la guitarra, la enorme bola empezó a destruir el escenario en medio de un gran show de pirotecnia.

El sonido le sacudió la vida a Douglas, ahí entendió la brecha que existía entre la producción de un concierto profesional del máximo nivel, a lo que él hacía con Tranzas en Ecuador; también comprendió lo que era conectar con las masas y emocionar a una población entera y además supo que todavía no había encontrado su estilo definitivo, para que, con la primera nota de guitarra en cualquier lugar, sepan quién estaba tocando.

Pasarían muchos días para que se le fuera un zumbido en el oído con los riffs de Young de fondo. En esos meses estaba muy preocupado, porque sabía que el hambre le había permitido componer algunas canciones descomunales, y quería continuar con ese ritmo aún después de que el hambre pasara.

Silvia se levantó muy temprano, en su agenda estaba ir por la mañana al pueblo de Isola Bella, pasear al Lago Maggiore y por la tarde quería ir al Cuadrilátero de la moda y recorrer las plazas e iglesias de la ciudad. Douglas estaba como piedra, en realidad no dormía, seguía en el concierto y su cerebro musical divagaba en un festín de acordes e ideas como si fueran fuegos artificiales.

Ella, como todos los días, lo levantó a besos y a empujones. Él, como todo artista, siempre se quedaba hasta tarde y no quería despertar.

Fueron al pueblo del lago que estaba a una hora y media de la ciudad. Luego de haber dormido en el camino de regreso, llegó bastante animado al recorrido de la tarde. Estaba fascinado con la comida y con esa atmosfera distinta, vieja, en la que parecía que habían pasado muchas cosas y también le fascinaba ese ambiente que le hacía sentir que había vivido ahí en otras vidas.

Recorrieron las tiendas de la vía Montenapoleone del Cuadrilátero de la moda, donde Silvia compró algunas prendas para él y para ella. Luego fueron a la Plaza del Duomo y después a la Plaza de La Scala, en aquel lugar no le impresionaron los edificios clásicos rectangulares y simétricos, aunque a primera vista comentó un poco al descuido:

—Esto se ve moderno y a la vez histórico.

—Se llama estilo neoclásico, y empezó aquí en Milán —respondió Silvia que había estudiado en Italia.

Luego mientras caminaban abrazados, temblando por el frío de la tarde, pasaron frente al Teatro La Scala. Douglas se detuvo en la cartelera y observó un gran afiche que decía:

Secondo premio ex-aequo
Del Concorso Pianistico Internazionale
"Fryderyk Chopin" di Varsavia 1995
PIANISTA
PHILIPPE GIUSIANO
NOTTURNO IN DO MIN. OP. 48 N.1

—Mira, nena, como nuestro hotel, Chopín. Mi papá me habló una vez de este man —dijo él.

—Se pronuncia Shopán, no Chopín, es polaco —le explicó ella divertida

—Entremos —continuó Douglas.

—No, no, para conseguir una entrada aquí se necesita reservar con varios meses de antelación —respondió Silvia.

Douglas seguía parado bajo uno de los arcos de la entrada, ya estaba anocheciendo y ella le empezó a tirar del brazo para continuar el recorrido, pero algo extraño lo mantenía ahí. Ninguno de los dos sospechaba que aquella noche tendría el más grande encuentro con su nueva y verdadera esencia musical.

En ese momento, una mujer con un elegante vestido negro salió del teatro muy deprisa. Dijo algo en italiano que seguramente eran palabras de enojo, y siguió su camino dispuesta a cruzar la plaza. Luego un hombre, igual de elegante, salió a darle el encuentro. Al pasar cerca de Douglas hizo un gesto negativo con la cabeza mirando a la dama, y le entregó dos tickets al joven músico, quien lo miraba impávido. Inmediatamente corrió detrás de su pareja.

—Que suerte tienes —le dijo Silvia con su tierna sonrisa— ahora si ¡entremos!—

Douglas ya empezaba a entender que el universo respondía a los más fuertes deseos de su corazón y que las únicas veces cuando la vida se le enredaba, era porque no entendía lo que su corazón quería. Quizá por eso hacía música, para entenderlo.

Entonces entró y quedó sin aliento: la decoración en pan de oro, el terciopelo rojo de las butacas, las galerías, los distintos niveles, el gran telón rojo de fondo y la inmensa lámpara central, configuraban un escenario sobrecogedor.

Un recepcionista de esmoquin los guío hasta la ubicación de su ticket, eran dos palcos de primera línea, los más costosos. Tendrían una vista espectacular, un guardarropa para los abrigos y un gran espejo de cuerpo entero.

El recital de Chopin en un lugar como aquel era impactante para cualquier persona, pero para el joven músico ecuatoriano, que en ese momento era como una antena parabólica recibiendo las notas del universo, aquella música elemental se convertía en el inicio de una nueva etapa artística.

Las notas altas del piano eran como pequeñas olas de un mar musical en el que parecía que solo él estaba sumergido, y de repente las notas bajas, como pequeñas burbujas que saltaban desde lo más profundo. Mientras absorbía y vivía la música como nunca antes la había sentido, gruesas lágrimas le caían por las mejillas. Ella lo vio y lo abrazó, pero él lo único que quería ese instante, era tener una guitarra o un teclado a mano.

Toda la noche pasó en vela escribiendo y componiendo sin instrumentos, con el sol entrando por la ventana del hotel Chopin. Silvia que había estado despierta mirándolo, le preguntó:

—¿Fue muy especial para ti, verdad?

Él, sin verla, respondió:

—Demasiado, estoy un poco confundido aún, pero creo que anoche descubrí algo que jamás pensé que existía.

—Hay **Ciertas Teorías** que dicen que la primera música se hizo en Grecia, luego el Imperio Romano la invadió y aquí empezaron a surgir los primeros músicos, los primeros instrumentos y luego se fue para el resto de Europa, tal vez por eso sientes eso —le dijo ella con su sonrisa que se convertía en un coro suave y luminoso junto al amanecer.

Toda la música que había escuchado hasta ese momento en su vida: Beatles, AC/DC, Joe Jackson, Los Prisioneros, todos, engranaron en una matriz llamada Chopin.

Con esa base elemental de melodías lentas, fluidas y románticas, aquella noche Douglas descubrió las claves de Tranzas y que **Ciertas Teorías**, cuando las dice la persona indicada, en el momento justo y en el lugar perfecto, resultan ser reales.

Aún ella no escuchaba su canción, pero desde que la conoció, no paraba de decir esa frase.

El resto del viaje acumuló imágenes en Florencia, Venecia, Roma, pinturas, paisajes, que luego se convertirían en notas de canciones, y las reconocería años después cuando volviera a recoger sus pasos.

Una de las cosas que más le llamó la atención fue que mientras más simple la pintura, la construcción o la composición clásica, el arte era más impactante. Ya lo había hecho por instinto, pero también entendió que sus melodías irían acompañadas de poesía simple, cotidiana y profunda, de frases que cualquiera diría, pero que representarían la fuerza de la tragedia, el drama del amor en la vida. Muchos se preguntarían, principalmente los miembros de la banda y hasta él mismo, cómo de la noche a la mañana, de un mo- mento a otro, se convirtió en una máquina de hacer buenas can- ciones. La respuesta es que no fue de un momento a otro, fue un proceso, un camino, y así como cada artista tiene un hito detonante. Para Douglas aquel viaje fue más que salir a conocer el mundo, fue interiorizar hasta llegar al núcleo, y reconocer su propio código genético musical.

Cuando aterrizó, no sospechaba siquiera que lo estaban esperando en el aeropuerto unas 100 jóvenes con carteles y gritos. Pensó que era alguna broma de sus compañeros de la banda, no sabía que **Dime si recuerdas** estaba rompiendo todos los récords de **Tres Notas** y cualquier otra canción ecuatoriana, en discos vendidos y reproducciones en radio. Fue un súper hit.

Si se hubiera contabilizado en aquel momento, este disco había servido para que un millón 200 mil parejas ecuatorianas se reconcilien, vuelvan, pidan perdón o simplemente declaren su amor.

Se convirtió en el disco de baladas románticas más importante de la historia del Ecuador, y lo más impresionante era que la historia de Tranzas recién estaba comenzando.

Douglas Bastidas no solo conmocionaría al país con sus composiciones, sino que la mayor parte de habitantes del continente tendrían alguna de ellas, dentro de sus particulares historias de amor.

Jorge Ponce, Troi Alvarado y Douglas Bastidas / 1987

Jorge Ponce, Troi Alvarado y Douglas Bastidas / 1989

la agrupación le ha dado a su música no se ve reflejado en las letras de sus canciones, porque siguen el mismo estilo pegajoso y comercial de temas como *Dile*, *Dime si recuerdas*, *Te amo irremediablemente*, *Por volverte a ver*, que son más del agrado de los adolescentes.

Cuestionados acerca de por qué Tranzas no evoluciona en sus letras y continúa con las baladas "rosas", Douglas Bastidas expresó: "No tomamos muy en serio eso del estilo, si se es muy melódico o muy rosa. Tampoco lo que significa música artística o inteligente.

"Lo hacemos con nuestro propio gusto, con el afán de que la gente la pase bien; además, porque a nuestro público le gusta eso. No queremos enseñarles que somos los mejores músicos, que por cierto no lo somos. Solo buscamos captar audiencias –añadió el cantautor–. Y hasta ahora nos ha ido bien".

Troi Alvarado enfatizó que el grupo empezó a tocar en 1987 con *Plástica*, un rock que gustó bastante.

"Douglas es un compositor super romántico que también ha escrito temas como *Soy político* y *Nacional*, que se alejan mucho de las baladas 'rosas' que a la gente le gusta escuchar y a nosotros tocar", señaló Troi.

Bastidas aclaró, por su parte, que *Por siempre* tiene también canciones con cierto tinte irónico y social como el sencillo promocional *I wanna go*, cuyo video se promociona en la televisión local y "respeta la línea del rock de *Plástica*, número uno en Bolivia".

El video fue grabado en Nueva York por los cineastas Fernando Arzate y León Chiprout.

También está *Metalica*, que habla sobre la chica que deja a su enamorado por un hombre con dinero. "Siempre trato de contar las cosas de una manera jocosa, sin dejar de reflejar las ironías de la sociedad, que también se pueden percibir en *I wanna go*", dijo Douglas.

Además de estos dos temas, el álbum incluye las canciones *Por siempre*, *Por las noches*, *Mientras me quieras*, *Si volvieras*, *Brujerías*, *Un nuevo amor*, *Otra vez*, *Me voy*, *Intento comprender* y *No te llamaré*.

Douglas Bastidas, Alfonso Vélez, Troi Alvarado, Alberto Vicuña /
New York 1998

Alfonso Vélez, Troi Alvarado, Alberto Vicuña, Douglas Bastidas / 1992

expresiones
N° 790 | martes, 9 de septiembre del 2003 | www.diario-expreso.com
Tranzas, imparable
El grupo ecuatoriano conformado por Douglas Bastidas, Alfonso Vélez y Troi Alvarado, continúa conquistando mercados. + PÁGS. 2 Y 3

2000

Alberto Vicuña, Douglas Bastidas, Troi Alvarado, Alfonso Vélez, 2001

Troi Alvarado, Douglas Bastidas, Alfonso Vélez, 2002

Carlos Játiva, Embajador de Ecuador en Francia y Douglas Bastidas /
París 2012

CAPÍTULO II

POR SIEMPRE TRANZAS

Al iniciar ese año, un día de enero, Douglas se subió en una buseta para ir a los ensayos; únicamente tenía que llegar a la esquina del departamento de Silvia para tomarla. Cómo siempre lo hacía, se ubicó en uno de los asientos posteriores; de pronto, algunas chicas lo reconocieron y se acercaron a pedirle autógrafos. Primero fueron tres, luego en cada parada se iban sumando más y Douglas solo sonreía nervioso, porque no tenía ni la menor idea de cómo controlar la situación.

El bus tuvo que parar por el relajo que se armó, donde Douglas casi muere asfixiado. Solo entonces comprendió que Tranzas era en ese momento el grupo más famoso del Ecuador y que tenía que, de cualquier modo, comprarse un automóvil, porque nunca más podría andar en buseta.

Así mismo les pasó a todos los miembros de la banda y ninguno pudo volver a tener una vida normal. Troi tuvo que dejar de dar clases porque no podía mantener el orden de los estudiantes, quienes le pedían canciones y las jóvenes le lanzaban miradas cariñosas. Alfonso y Alberto tuvieron que dejar la universidad y de pronto, todos estaban dedicados a la música a tiempo completo, lujo que pocos artistas ecuatorianos se podían dar, ya que a nadie le alcanzaba con el arte.

Se reconciliaron con Ifesa porque necesitaban distribución. En pocos meses el dinero empezó a llegar, y los de la disquera se culpaban unos a otros, por no haber confiado en ellos la última vez.

Cuando a Douglas le llegó el primer cheque, fue de 10 millones de sucres, lo que equivalía a unos 10 mil dólares del año 2020. No podía creerlo, lo máximo que había visto juntos eran 100 mil sucres, ya podría ayudar a su familia e invitar a su novia a lugares exclusivos. Tuvo la debilidad inicial de pensar que tal vez sería el último cheque de su vida, y decidió guardarlo rápidamente.

Luego llegó otro cheque, pero él seguía aferrado a su estatus de pobre, por la incertidumbre de un futuro sin nada.

Poco a poco, con la asesoría de Silvia, empezó a vestirse mejor, a visitar lujosos restaurantes, y pudo comprarse su primer vehículo, un Suzuki Forza del año.

Con la emoción del dinero y sus nuevas nociones musicales, terminó de componer y hacer los arreglos de las 12 canciones del disco **Ciertas Teorías**.

Aunque después del recital de Milán, no tendría tiempo de escuchar música clásica sino hasta varios años después, si algún experto en Chopin hubiera desbaratado la intro de piano de **Seguir de Pie**, habría encontrado ideas de la obra **Andante Spianato** compuesta por el polaco en 1834.

Normalmente en los anteriores discos de Tranzas con suerte se encontraba una buena canción, o por lo menos rescatable, pero en **Ciertas Teorías**, la situación era totalmente contraria, las 12 canciones fueron hits para varias generaciones de manera simultánea, y no solo para la clase media, sino para todos los estratos, porque resultaba que el rico y el pobre se enamoraban con la misma intensidad y vivían los mismos dramas románticos, sea en el Norte o en el Sur de cualquier ciudad del mundo.

Rompieron otro récord nacional. Dieron 80 conciertos en 50 ciudades distintas. Ningún otro artista ecuatoriano había realizado una gira de tal magnitud, y muy probablemente sería un récord que jamás se rompería. Fue al mismo tiempo cuando los invitaron a abrir una gira de la banda Enanitos Verdes. En el primer show que abrieron en la ciudad de Cuenca, fue tal la histeria de la gente que cuando se presentaron los extranjeros, ya el público se estaba retirando, por lo que en una actitud humilde y de reconocimiento, el grupo argentino les pidió que intercambien los papeles; los legendarios serían teloneros de Tranzas, sino todo el mundo se les iría.

Canciones como ***Te amo irremediablemente, Por volverte a ver*** y ***A Marte***, marcaron una época en la que emprendieron un camino del que ya no tendrían retorno.

En ese disco también estaba un rock que Douglas escribió a propósito, en venganza de todos sus detractores, como músico nacional. La canción era una sátira al estilo Plástica, se llamó **Nacional**, y empezaba con una intro de pasillo en una radio:

Sabes que estoy muy triste
Pues ya no queda nada
Nada que sea tan nuestro
Solo el himno nacional
¿Como que no, eh?
Si tenemos los ceviches
Tenemos la menestra
Tenemos a los indios Colorados también
Y si quiero bailar o escuchar rock and roll
Tengo ocho radios que nunca lo ponen en español
Pero mejor así
No voy a escuchar
Alguno de esos tantos grupos retrasados de acá
Yo visto Guess, Levi's
¿Donde los compráis?
Los compro en una tienda
Donde no haya nada que sea
Nacional, no está tan mal

Eso no puede ser
No ves que es nacional
Nacional no está tan mal
Eso no puede ser
No ves que es de aquí
Y yo quiero saber
Entonces de quién mismo es este país
Yo solo con la televisión soy feliz
Porque ya casi no hay programas hechos en el país
Y si los hay
Los copian
Les cambian de nombre

Pero como ya lo hemos dicho, Douglas se había convertido en una máquina de hacer canciones, y en medio de la fama y los conciertos de **Ciertas Teorías**, ya tenía escrito medio disco nuevo. Estaba en el pico de su capacidad creativa.

Ya no andaban en la Coquina, ahora alquilaban buses completos para los instrumentos y para el 'crew', que cada vez era más grande.

Douglas aún conservaba la emoción de lo que vio en Italia y considerando lo que estaba pasando en Ecuador, uno de aquellos días conversó con la Princesa sobre la posibilidad de que Ifesa los lance al exterior. La joven entusiasmada le programó una reunión con su padre, luego de pocos segundos de haber iniciado, Víctor Pino (que ya era un viejo zorro de la música y no se sorprendía aún, pues pensaba que Tranzas era una novelería pasajera), interrumpió y lo sentenció concluyente:

—¿Qué te crees, muchacho? Solo Julio Jaramillo ha logrado eso, ubícate por favor, apenas has hecho un par de baladas buenas.

Nuevamente la disquera cometería un gran error, que tal vez la hubiera proyectado con mucha fuerza hacia toda Latinoamérica, pero no fue así y años después sucumbirían por los cambios de la industria musical.

Douglas solo sonrió y pensó lo mismo que pensaba cada vez que alguien le daba un golpe a su autoestima: "ya vas a ver artista, no sabes con quién estás tratando, solo dame tiempo".

Fue en un concierto en la ciudad de Ambato, cuando Alfonso no apareció.

Estaban en pánico porque no sabían cómo reemplazar la batería. El coliseo estaba lleno.

Entonces Troi recordó que una vez escuchó a Jonathan Alvarado, uno de los miembros más jóvenes y fieles del 'crew', tocar algunos instrumentos con mucho entusiasmo, y no le había parecido tan malo. Entonces lo buscó y le dijo:

—Calienta, Jonathan, hoy debutas.

Douglas se quedó asombrado, pero estuvo de acuerdo, no tenían otra opción. Sin embargo, estaba realmente enojado con Alfonso, *no podía ser tan irresponsable, no estaban jugando*, pensó.

Al final Jonathan tocó muy bien, porque se había estado preparando en secreto, con la seguridad de que Alfonso algún día iba a fallar. En ese momento, nadie se imaginó que varios años después, el talentoso e improvisado joven, sería un fiel músico de Douglas en sus giras por el mundo.

Al día siguiente, de regreso a Guayaquil, Douglas tratando de mantener la calma, pese a que Alfonso era más alto, de un golpe, con la mano abierta en el pecho, lo sentó y le dijo:

—Primero, te debo poner una multa; segundo, explícanos ¿por qué diablos no apareciste?

—Les voy a contar la verdad, subí a la terraza de mi casa a buscar una camisa, pero en el techo había un tornillo salido, ¿si han visto esos tornillos con los que se agarran los techos en la madera? Bueno, estaba afuera, nunca nadie lo había enroscado, entonces traté de meterlo, pero no podía y no podía, hasta que se me fue el tiempo...

Así respondió Alfonso, muy serio, como si narrara una excusa razonable.

A Douglas y al resto se les bajó la sangre a los tobillos. No era chistoso, su creativo baterista parecía que se estaba volviendo loco.

Pese a la negativa de la disquera, sus cifras siguieron aumentando y así como la música, el 'crew' también evolucionó. Pasaron de organizar las parrandas locas y desenfrenadas a montar bacanales, farras épicas que duraban varios días. En una de aquellas despertaron en un hotel de Cali, Colombia, sin tener la menor idea de cómo habían llegado. Jamás contarían como amaneció vestido Alberto.

Fue también por esos días cuando recibieron una llamada que cambiaría la historia de la Banda. Los contactó un extraño productor con apariencia siniestra, quien poco tiempo antes había amasado una gran fortuna instalando antenas de telecomunicaciones para el ejército ecuatoriano en la selva amazónica, durante la guerra contra Perú.

Era el dueño de un pequeño y nuevo canal de televisión llamado Televisión Digital, su nombre: Edgardo Fuentes, ingeniero en telecomunicaciones y músico frustrado. Soñaba con producir sus composiciones de rock primitivo, que 20 años antes había intentado grabar siendo baterista de uno de los primeros grupos de Guayaquil, los legendarios Corvets.

Nadie sabía que, en el mismo edificio del canal, tenía armado un estudio de grabación musical con la más alta tecnología. Eran los mejores equipos de producción del momento, instalados por un equipo de norteamericanos asesores en sonido.

Había pasado un par de años metido en la selva con su proyecto de antenas para la guerra, por lo que estaba desactualizado. Al preguntar en algunos círculos, cuál era la mejor banda de rock del país, toda la gente había respondido de manera unánime: Tranzas.

Luego escuchó los discos y estuvo de acuerdo en que, aunque el cantante estaba un poco flojo, tenían futuro. Entonces consiguió el número de Douglas y los invitó a un almuerzo en el Caracol Azul, el restaurante más famoso y costoso de Guayaquil en aquel momento.

—¿Se han dado cuenta que ya el Ecuador es muy pequeño para ustedes? —les dijo el empresario con una voz misteriosa, como si les contara algo oscuro.

Siempre que tenían que enfrentarse al público en conciertos o entrevistas, el hombre era Troi, pero cuando se trataba de contratos y representaciones, quien hablaba era Douglas.

—Nuestra disquera ya nos propuso internacionalizarnos —mintió el vocalista.

Fuentes era más bajo que Troi, tenía las piernas arqueadas, abundante pelo crespo y la boca hinchada, como si fuera de otro rostro. Aunque acababa de cumplir 40 años en ese momento, ya había vivido mucho, y obviamente no le creyó a Douglas.

—Vamos, muchachos, para salir al mundo necesitan buen sonido, y grabar discos compactos, eso no hay aquí —dijo impaciente el empresario.

Ya habían escuchado sobre la evolución digital de la música, pero el disco compacto aún les parecía algo de otro planeta.

—Es cierto, pero Ifesa está negociando para que vayamos a grabar afuera —continuó soñando el vocalista de Tranzas.

—OK, yo les propongo algo serio, de ahora en adelante los representaré, ya no deben preocuparse por la inversión, tengo el mejor estudio de grabación del Ecuador y muchos contactos afuera —insistió Fuentes con su perturbadora sonrisa, que años más tarde desconcertaría a todos.

Desde ese día, Edgardo Fuentes se convirtió en el representante, y empresario promotor de Tranzas. Empezarían una nueva etapa, donde él se convertiría en un impulso muy potente para lanzarlos al resto de América, pero al mismo tiempo en una fuerte barrera para la creación artística de Douglas. No era un empresario que veía los números, y dejaba la música a los músicos, él quería cumplir sus propios sueños y delirios, usando el talento de la banda.

Solo una condición puso Douglas: que contrate también a Carlos Ferrín, el quinto Tranzas, como creativo, y Fuentes accedió sin preguntar nada, aunque pronto descubriría la razón.

Con Televisión Digital como productora oficial, empezaron a grabar ***Ciertas Teorías*** con tecnología digital, convirtiéndose en uno de los primeros artistas ecuatorianos en lanzar un CD.

Décadas más adelante, Douglas diría con una evidente tristeza, que vio crecer y morir al disco de acetato y que vio nacer, crecer y morir, también al disco compacto (y con él, la música como la conocimos, la de los grupos completos que se esforzaban por sacar discos completos, con 10 o 12 canciones buenas, de trascendencia).

Como el disco ya estaba hecho, solo fue cosa de remasterizar algunas, grabar otras y arreglar el conjunto armónico con un equipo de alto nivel. El empresario casi no se metió en nada, por eso no sospecharon en ese momento la pesadilla musical y la tremenda tensión que el empresario les causaría. Fuentes era un ser humano al que se lo podría catalogar como bomba de tiempo, tenía demasiadas contradicciones y complejidades en su personalidad, y así como podía ser un gran empresario, generoso y visionario, podía ser un idiota, caprichoso y nada talentoso músico. Pero obviamente en el mundo real, quien mandaba, era quien ponía la plata.

Todo sucedía muy deprisa, a la misma velocidad en la que andaban en un Honda del Sol convertible, por todos los malecones de todas las playas del Ecuador. Pero Douglas sentía que, más que rápido, todo sucedía al mismo tiempo, y la vida misma, era como un disco de vinilo que cada vez giraba con mayores revoluciones.

Empezaron a recibir premios en las radios, en los programas de televisión y hasta en el Congreso Nacional, todo el que quería audiencia les ofrecía un premio, e inclusive se inventaron algunos para poder invitarlos a programas.

Los discos se vendían por cientos de miles, los grupos estaban de moda en el mundo y Tranzas estaba de moda en Ecuador. La gente pedía conciertos, las radios trabajaban de la mano con las disqueras, el internet apenas existía, en general la industria era distinta, los artistas del mundo vivían de la música y era un círculo virtuoso que fomentaba la creación del arte.

Complementando las composiciones, uno de los pilares del grupo era Ferrín, quien estaba detrás de toda la creación que no era musical: portadas, imágenes, fotografías, videos, audiovisuales, y un sinnúmero de ideas que siempre hicieron que la imagen de Tranzas fuera innovadora, distinta, no solo en el Ecuador sino afuera. Por ese talento y la nobleza de siempre estar al servicio de Tranzas, muchas veces sin esperar nada a cambio, solo por el amor a la música y al arte, se estaba convirtiendo en uno de los mejores amigos de Douglas, y a Fuentes lo tenía gratamente sorprendido.

Pero Tranzas, además, tenía un 'crew' que fomentaba el estereotipo de banda de rock con insanos mentales. Ricardo Pólit tenía algunas perlas como estas: "No existe banda de rock que no haya tirado televisores por las ventanas de los hoteles" o "Si eres miembro de una banda de rock y te dejan entrar en todos los hoteles, despierta, estás equivocado de profesión" "Para tener respeto en el mundo del rock, al menos debes haber pasado un año en la cárcel", aparte de ese revólver cargado, y un baterista medio loco, la banda tenía algo más grave: un promotor artístico, que se creía el compositor y el músico más talentoso de la banda.

El problema con Fuentes empezó desde la primera canción nueva que Douglas tocó:

—No sé, me suena más de lo mismo, yo tengo experiencia en la música, las baladas son baladas, suaves, acústicas, y el rock es rock, esa mezcla me parece cojuda —empezó a criticar el promotor con una voz muy rápida, difícil de entender.

Nada le gustaba y Douglas se estaba frustrando, porque realmente se sentía seguro de lo que hacía y su cerebro de compositor se estaba especializando cada vez más, al punto que ya casi no necesitaba instrumentos para componer.

Con su característica innata de ir contra corriente, un día pensó: *este man dice que yo no puedo hacer una balada acústica, ya le voy a enseñar lo que eso significa.* Al día siguiente iba a viajar por segunda vez a Italia con Silvia, y quería dejar grabado algo.

Saliendo del estudio casi a la media noche, abrió la puerta trasera del Suzuki, se sentó, y empezó a cantar una canción que había estado componiendo en su mente durante todo el día, pero que no le había engranado mientras mezclaba otras canciones:

Dile que yo voy a estar bien
Que no será primera vez
Dile que el tiempo borra
Todo amor y todo amanecer, o talvez
Dile que me has visto mejor
Que hablo muy poco de su amor
Que pronto voy a estar amando a alguien más
Como es normal o talvez
Dile que me muero por besarla
Que en las noches vuelvo a amarla
Aunque no esté junto a mí
Dile que mi vida es extrañarla
Que si vuelve puedo amarla aunque no me quiera a mí
Dile mi nueva dirección
Dile que me llame, por favor,

Dile que podemos hablar de amistad
Como es normal o talvez...

Ese momento regresó al estudio y grabó solo con su guitarra, **Dile**. Sería una de las pocas canciones con las que estaría conforme, en cuanto a letra y melodía, al primer intento. Para hacerla, había rememorado imagenes de algunas tormentas amorosas. La grabadora tenía dos casetes puestos y se llevó uno para escuchar en el carro.

Luego, bajó las ventanas y subió el volumen al máximo para escucharla en un ambiente abierto. Le pareció que iba a ser una de sus mejores canciones, pero supo que necesitaría una mejor guitarra, efectos, y que seguramente sonaría mejor con la banda completa.

Luego puso el casete de AC/DC y aceleró con Back in Black. Poco antes de llegar al departamento, vio por el retrovisor que una patrulla lo acompañaba.

—Licencia y matrícula —le pidió sonreído el policía, y su sonrisa quería decir algo así como: ya cayó uno.

Douglas recién había sacado la licencia, y la mostró, pero del vehículo no tenía nada, se había descuidado y no había sacado los papeles.

Luego, llegó un segundo policía que le estaba dando la vuelta al Suzuki.

—El carro se va preso, puede ser robado —continuó el policía.

Douglas había permanecido callado, hasta que el segundo policía terminó de dar la vuelta, se acercó y con mucha sorpresa le dijo al otro:

—¿Oye, este man no es el de Tranzas?

—Sí, soy yo —respondió Douglas con una sonrisa solvente, seguro de que esa noche empezaría a sacarle provecho a su reciente fama.

—Bacán, entonces vamos para que cantes en la cárcel, porque ibas como a 180 kilómetros —exageró el policía.

Nuevamente el pánico se apoderó de Douglas, tampoco tenía dinero, ya no vendría Bernard a salvarlo, y en ese entonces aún no había celulares. Entonces lo más probable era que si no hacía algo extraordinario, pasaría la noche y quizá algunos días en la cárcel.

—No, no, tengo una idea, ya **Dime si recuerdas** apoya para darle una serenata a la pelada de este man que lo dejó, o si no, ahí sí vas preso —le pidió muy serio el policía que lo había reconocido.

Fue así como Douglas aprovechó y estrenó **Dile** debajo de un balcón de la urbanización Sauces 4, con un coro de dos policías de tránsito.

Lo obligaron a repetirla tres veces y luego a cerrar con **Dime si Recuerdas**, y no solo salió la chica, sino todo el barrio a cantar con él. Después lo acompañaron hasta su departamento, "para que no le vaya a pasar nada en el camino". Eran las tres de la mañana y Silvia no le creyó lo que había ocurrido.

Desde ahí siempre diría en broma, que prefería encontrarse con una pandilla de delincuentes por la noche, que, con los policías de tránsito, aunque luego se haría muy amigo de los más altos jefes.

Al día siguiente, desde el aeropuerto llamó al estudio y le dijo a Troi:

—Ahí dejé grabada una huevada, escúchenla y empiecen a arreglarla, porque esa guitarra está feísima

A los dos días de estar en Italia, de madrugada, recibió una llamada de Fuentes quien, sin percatarse del uso horario, y por primera vez ligeramente entusiasmado le dijo:

—Voy a sacarla como 'single', ya la escucharon en Ifesa, a mí no me gusta mucho, pero creo que puede pegar.

—Está bien, Edgardo, tú eres el productor, solo ponle unos aplausos al inicio para que parezca que es grabada en vivo, porque la guitarra aún es un desastre —respondió Douglas.

15 días después llegó y desde el aeropuerto, pese a las 20 horas de vuelo, tuvo que ir directo a un concierto en Santa Elena.

Había unas 10 mil personas en una explanada por las fiestas de la ciudad. Desde que empezó a cantar, vio que el público estaba eufórico, escuchaba que gritaban algo, pero no entendía. Luego, viendo que Douglas no sabía lo que decían, Alberto se le acercó y le dijo en el oído, gritando para que le escuche:

—Quieren **Dile**, tiene vuelto locos a todos, dale, nosotros te acompañamos.

Douglas un poco confundido empezó a cantarla, entonces todos los asistentes la coreaban en un solo grito homogéneo, que superó a la voz y a la música de Tranzas.

Quedó impactado, apenas dos semanas atrás la había compuesto, sin esfuerzo y sin ayuda de nadie. En ese momento ratificó que, para componer un éxito, solo necesitaba una guitarra y estar un momento a solas. Luego miró a Troi en el bajo, a Alfonso que estaba improvisando una batería muy creativa y a Alberto que le estaba dando una buena armonía en los teclados, entonces no pensó en la música, sino en esos tres jóvenes artistas a los que ya quería como hermanos.

Poco tiempo después, pese al éxito de **Dile**, Fuentes seguía en su papel de genio incomprendido:

—Muchachos, no escucho nada nuevo, no me entienden lo que quiero, tenemos que sacar un gran disco no una cancioncita pegada, estoy promoviendo también a otro grupo para que me proponga algo más sólido.

Aunque ya estaban recibiendo ingresos por los conciertos, el equipo era grande: cuatro músicos principales, 'crew' y promotor, realmente le quedaba muy poco dinero a Douglas, pero en ese momento no le importaba.

Tenía un estilo de vida muy alto, porque Silvia cubría la mayoría de gastos; sin embargo, esta desigualdad empezó a molestarles de algún modo. Como toda historia humana, de repente aterriza, y pasa de ser ese idilio lleno de arte y trascendencia, a la batalla de la convivencia, donde no hay nada etéreo, y todo se vuelve de cemento y de papel.

Empezó a reclamarle por qué dormía hasta tan tarde, por qué no pagaba más de los gastos, que aquel departamento era de ella, y que tenía que contribuir más, entre otras lanzas que le atravesaban el corazón a Douglas de dos maneras: una, confundiéndolo porque para él, lo único importante en la vida, desde que tenía memoria era la música y no lo que ganaría por ella, y por otra parte trayéndolo de vuelta a la Tierra porque era verdad, con casi 30 años, el cantante y compositor del grupo musical más famoso del Ecuador, no tenía absolutamente nada más que su guitarra.

Pese a todo, contra viento y marea, el animal artístico seguía componiendo.

Parte de Ti fue un disco que escribió y arregló en tres meses, la mayoría de letras fueron para Silvia como le había prometido, pero la principal canción que le dedicó, sería otro himno del moderno romanticismo ecuatoriano.

Estaban en el peor momento de la relación, ella le había gritado y aunque decía que no era celosa, usaba la superioridad económica para desquitarse cuando él llegaba tarde.

Pero una noche, después de haber pasado una semana sin dirigirse la palabra, él la llevó a su lugar favorito: la terraza del departamento. Entonces le cantó ***Parte de ti*** acompañado de su guitarra, con una melodía que había llegado a su mente después de un concierto:

Entiendo, que ya no tengas ganas de verme, que te
Cansaste de mí, de todo el mundo que te di.
Entiendo que lo nuestro deba acabarse, que ya no
Hay más que decir de lo que yo pueda sentir.
Si pudieras ver un poco más adentro, si escucharas
Bien mi corazón, y si quieres encontrarme yo estaré
En todas partes, me convertiré en el aire que respiras,
Y en tu voz, estaré en cada mirada en tu sonrisa y en tus pa-
labras,
De tanto vivir por ti ahora soy parte de ti, ahora soy parte de
ti...
Me hablas y ya no entiendo bien tus palabras, pretendes ya
Nada sentir, aunque yo sé que no es así.
Me miras, no puedes parte de la mirada es que nunca supiste
fingir,
Al menos yo eso creí.
Si pudieras ver un poco más adentro, si escucharas bien tu
corazón,
Y si quieres encontrarme yo estaré en todas partes, me con-
vertiré
En el aire que respiras y en tu voz, estaré en cada mirada
En tu sonrisa y en tus palabras, de tanto vivir por ti ahora soy
parte de ti,
Ahora soy parte de ti...

No pudo terminar de cantar porque tenía la voz quebrada por el llanto. Ella estaba sin aliento, y aunque ya había vivido momentos similares con su arte, sintió que Douglas era un corazón en carne viva que convertía en música, de manera exacta, cualquier tormenta que su alma estuviera enfrentando. Se sintió estúpida, lo abrazó, lo amó en ese instante, como nunca antes lo había hecho y le dijo llorando:

—No, nunca debe acabarse, perdóname...

Sin embargo, esa sensibilidad extrema también tenía sus problemas, porque a pesar de todo ese amor tan grande, los agravios no se borraban y se iban acumulando en la memoria de Douglas. Entonces sí, un par de años después, un huracán llegaría para acabar con todo.

En ese disco incluyó canciones que también pronto se convirtieron en hits, como: **Solo un tonto** y **Soy Político**.

En su muy prolífica producción, en la que componía varias canciones diarias, tenía mensualmente al menos 50 letras y melodías listas; se animaba por llevar la mitad al estudio, y de aquella mitad ,unas cinco eran escogidas.

El resto iría acumulando en un inventario del que nadie nunca tendría notica, hasta muchas décadas después en las que tal vez a ultranza, las produciría. Considerando que era el menos indicado para seleccionar sus propias obras, seguramente en esa gran bodega musical, se quedaron guardadas verdaderas canciones de fuego, que en otro universo y en otra dimensión, seguramente también habrían sido éxitos.

Cuando Fuentes criticaba las canciones de Douglas, era como ver a un niño que apenas aprendía a mover las piezas, dando consejos a un gran maestro de ajedrez. Sin embargo, al tener esa avalancha de melodías y letras que ni siquiera podía procesar, empezó a respetar al joven músico y se dio cuenta que estaba frente a alguien distinto.

Y como decíamos, en ese aumento de revoluciones todo iba tan rápido que hasta los fanáticos se confundían con tantas canciones buenas, y no sabían cuál era de cual.

Pero ya Tranzas se merecía un gran concierto para el Ecuador. Fuentes había organizado con Telehit de México, el lanzamiento de **Parte de Ti**, en el Teatro Centro Cívico, el local más grande de lujo que existía en Guayaquil.

Era su gran noche. Douglas apareció con una camiseta apretada negra de bolitas blancas, que le había comprado Silvia en Milán. Nunca antes habían logrado producción de tan alto nivel para un concierto. Habían practicado mucho y tocaban cada vez mejor; en especial Alfonso, que se estaba convirtiendo en el baterista que siempre quiso Douglas.

Lo transmitieron en vivo por muchas radios, por algunos canales, y hasta en México, por Telehit. Con **Parte de Ti** aquellos muchachos le dijeron al Ecuador que ya eran parte de su historia musical para siempre.

Al final, cuando estaban celebrando en los camerinos, Douglas se acercó a Alfonso, lo abrazó y le dijo:

—Durante el resto de mi vida, cuando alguien me diga que eres un baterista normal, le diré que escuchen este concierto y que luego hablemos. Te felicito, pana, ¡increíble!

Entonces Alfonso lo miró extrañado y muy serio le respondió:

—Empecé a tocar normal, hasta que vino el cóndor y se posó sobre mí, me asusté un poco pero luego todo tuvo sentido...

En lugar de reírse, como algunas personas que lo habían escuchado, Douglas sintió pánico porque sospechó que la cosa no era una locura pasajera.

Su relación había sido bastante tensa desde que se conocieron. Pero poco a poco, aunque la diferencia de edad era tan solo de dos años, Alfonso se había convertido como en su hermano menor, tenía que estar alerta.

Algunos en el 'crew' rumoraban que Alfonso estaba consumiendo cocaína. Entonces Douglas un día de aquellos lo enfrentó, a lo que Alfonso respondió:

—Nunca he probado, pero si tienes hagámosle...

Poco tiempo después cuando regresaban de un concierto en Santo Domingo de Los Colorados, Alfonso iba en el último asiento de la furgoneta, tomando aguardiente, con los miembros del 'crew', mientras Douglas y Troi dormían en los asientos delanteros.

Entonces Alfonso dijo algo que despertó a todos:

—Bueno, ahora sí, cabrones, el que chupa conmigo tiene que hacerle a la cocada...

Entonces el capitán del 'crew', Ricardo Pólit, respondió:

—Por fin, se puso racional este hijueputa

Todos se rieron y los del 'crew' emocionados, aprobaron la propuesta.

Douglas y Troi se pusieron alertas y en guardia por lo que iba a pasar a continuación.

Entonces Alfonso, abrió su mochila, y sacó cuatro grandes rectángulos del dulce tradicional hecho con coco: la cocada, y empezó a repartirles.

A los que todos estallaron en una carcajada, hasta el chofer que ni conocían, tuvo que detener el vehículo para reírse por completo.

Siempre sería como un mito interno de la banda, pero nunca se comprobó que Alfonso consumiera cocaína, lo que si era cierto, era que estaba medio loco.

Una vez en lugar de irse a un concierto a Loja, tomó un taxi para Esmeraldas, y tampoco pudo dar alguna explicación razonable.

Era como el inestable capitán Murdock de la serie The A Team (Los Magníficos), un poco explosivo, misterioso, pero con un ingenio descomunal para hacer reír a todos.

Cierto día tenían que recogerlo en su casa para ir a un concierto, pero les indicaron que lo vayan a ver a una clínica en las afueras de Guayaquil y así lo hicieron. Cuando terminó el concierto, lo llevaron de regreso al lugar. Así pasó varias semanas, y para cada concierto tenían que hacer lo mismo. Nunca contó porque entró a esa clínica, solo les decía que las enfermeras eran realmente guapas ya que eran de su tierra natal, Manabí, y quería quedarse a vivir ahí.

1997

Recibir un disco de oro en Ecuador no fue novedad para nadie, menos para Douglas quien ya tenía sus sueños volando por toda Latinoamérica.

Esa noche mientras los Tranzas celebraban sanamente, con sus parejas, en el departamento de Silvia, llegó Fuentes en una Ford Splash amarilla, con tres chicas que seguramente recién entraban en la universidad.

Hizo apagar la música, y Douglas cerró los ojos pensando que iba a decir alguna barbaridad sobre la calidad de su música, pero en lugar de eso, con esa sonrisa rara que le llenaba toda la cara dijo:

—Señores, acabo de firmar con BMG Ariola. ¡Tranzas la romperá en Colombia, Bolivia y Perú!

Lo que pasó a continuación en ese departamento, fue casi como cuando la familia de Maradona en Villa Fiorito, vio su segundo gol contra Inglaterra en 1986. En realidad, no habían tomado nada, y estaban escuchando música suave, pero como por arte de magia llegó Ricardo Pólit en una furgoneta con el Crew completo. En ese momento se armó una parranda tremenda, por la terraza del departamento volaban sillas, platos, y casi estuvo a punto de volar Alfonso, recién salido de la clínica. La algarabía era total y Douglas empezó a bailar sólo, algún ritmo desconocido que únicamente él podía escuchar en su mente.

Ya cuando la fiesta se había calmado un poco, Fuentes se acercó a Douglas y a Troi, quienes conversaban en un rincón, y les dijo:

—Muchachos, lo mejor no les he dicho aún, van a ir a grabar a Miami, con los que saben, mis equipos son buenos, pero necesitamos el mejor sonido del mundo.

BMG / Ariola Récords, había sido fundada en Alemania en los años 60s, en ese momento era la disquera más fuerte de la región y más adelante se fusionaría con Sony Music. Firmar con ellos significaba un salto inmenso a las grandes ligas artísticas, y Douglas sabía que grabar en Miami, implicaba una inversión millonaria para ese momento, que solo Fuentes con sus indescifrables planes, estaba dispuesto a realizar.

Desde esa noche le surgieron emociones contradictorias, por un lado, lo veía como un padre promotor al que respetaba, y por otro como a un mal integrante de la banda al que no soportaba.

Lo que Douglas no sabía era que cuando se manejaban grandes intereses económicos, la cinta que divide a un amigo de un enemigo es muy delgada y se puede romper en cualquier momento, pero inclusive es más delgada si se trata de grandes egos. Hasta ese momento, pensaba que todo era fácil, y que solo sería un asunto de seguir componiendo de manera brillante.

Por fin, luego de la humillación que sufrió cuando ganaron el Festival de MTV, Douglas Bastidas obtuvo la visa estadounidense.

Fuentes tenía grandes planes, inclusive de grabar varios videos en México, por eso hizo un presupuesto ajustado para ese primer viaje. Además pensaba realizar una campaña por todo el continente, motivo por el cual solo fueron a Miami, Douglas y Alfonso.

Hicieron escala en Bogotá y luego partieron directo a los Estados Unidos. Como Douglas ya había viajado a Europa, el viaje a Estados Unidos se le hizo corto, salvo que no pudo dormir, porque había una chiquilla de cabello y ojos negros, que iba al baño cada 10 minutos, y le interrumpía el sueño.

Tenían instrucciones muy claras de alquilar un automóvil sedán, ir al hotel en el que tenían las reservas y al día siguiente empezar a grabar en los estudios Ocean View.

Alfonso ya había ido; sin embargo, no había alquilado nunca un vehículo. Cuando llegaron al Rent a Car, seleccionaron el carro de la tarifa que Fuentes les había asignado, pero mientras eso pasaba, ambos en el clímax de su actividad hormonal, estaban viendo a las guapas asistentes, quienes se sonreían intimidadas.

Una de ella se les acercó y con acento cubano les dijo:

—Chicos, por la misma tarifa, de promoción les puedo dar este Ford...

La siguieron, cruzaron todo el estacionamiento, llegaron a un parqueadero cerrado, y ella destapó un Mustang concho de vino convertible, el que aceptaron abriendo los ojos al límite y en medio de una carcajada.

Por la emoción, olvidaron pedir un mapa en el Renta Car, y salieron disparados como si huyeran.

Tenían que llegar aproximadamente a las seis de la tarde al hotel, pero entre las autopistas rápidas y el poco inglés que manejaban, estuvieron perdidos toda la noche. Llegaron a la una de la mañana, porque de manera fortuita reconocieron el nombre del hotel en una de las vías. Igual, estaban felices, porque habían paseado en su carro favorito por las mejores zonas de Miami.

Al día siguiente fueron a Ocean View y conocieron a Víctor Di Persia, un ingeniero reconocido como uno de los mejores mezcladores del mundo. *"No pierdan ni un minuto de él, aprovechen todo, me está costando un ojo de la cara ese hijueputa"*, les había recomendado Fuentes.

Era un tipo muy apuesto, ítalo estadounidense, y desde que lo conocieron, supieron que no necesitaban esforzarse para producir con él, era un obsesivo de su trabajo, de los detalles y la perfección musical, tal como le gustaba trabajar a Douglas.

Remasterizaron algunas canciones de **Ciertas Teorías**, arreglaron otras de **Parte de Ti** y grabaron nuevamente Dile.

Di Persia podía pasar dos horas concentrado en un detalle de sonido, hasta que sonara como a él, y solo a él, le gustaba. El trabajo estaba quedando espectacular.

El primer día en el estudio vieron llegar a Chayanne, al día siguiente a Maná, y casi sin voz los saludaban, como fans, no como colegas.

Poco a poco empezaron a tener confianza con ellos, a compartir anécdotas, a preguntarles cosas, y los grandes artistas, vestidos con sus chalecos de trabajo, eran simples y humildes mortales, que se sorprendían de su nacionalidad y los animaban a continuar.

Desde el primer día, Douglas se había admirado de lo nítido que sonaba su voz con un micrófono de 10 mil dólares, y le había comentado sorprendido a Alfonso:

—Pana, si he sido buen cantante, solo que he estado mal grabado...

Entonces, mucho más seguro de su talento, enfrentó la grabación de **Dile**, ahora si en un buen estudio y no solo con su guitarra maltrecha. Le salió espectacular.

Cuando terminó, se fijó que una chica alta, guapa y rubia, junto a otra más bajita de cabello negro, lo miraban y aplaudían entusiasmadas detrás del vidrio.

Con un gesto le indicó a Alfonso que se acercaran a las jóvenes. Saludaron y él con sorpresa la reconoció, era la niña que orinaba a cada rato en el avión. Rápidamente entablaron una agradable conversación, mientras comieron algo en el receso.

La bajita era cantante, ya había grabado un disco con Di Persia, pero aún no pegaba mucho, estaba en Miami con una amiga del colegio, para alquilar un departamento.

Entonces intercambiaron teléfonos y direcciones de hotel, para salir en parejas aquella noche. Ambos iban por la rubia, así que esa noche sería duelo de titanes, como en los viejos tiempos.

Di Persia los mantuvo mezclando *Plástica* hasta las 11 de la noche, y al día siguiente tendrían que levantarse temprano para terminar los últimos detalles del **Parte de ti Internacional**, porque su pasaje de vuelta estaba comprado para esa misma noche.

A las 12, todavía era temprano para salir en Miami, pero en un arranque de responsabilidad, Douglas quedó mirando a Alfonso y le dijo:

—No la caguemos cuando estamos a punto de lograrlo.

—Tienes razón, pero durmamos rápido o me voy a arrepentir, llámala y cancela —le pidió resignado el baterista.

Entonces Douglas llamó desde el hotel al celular Nokia de la chica y le dijo:

—Discúlpanos por favor, recién salimos del estudio, y mañana debemos grabar temprano, ya sabes cómo es Víctor, volveremos pronto y las llamaremos, cuídate mucho Shaki.

Meses después la barranquillera, Shakira Mebarak, empezaría a conquistar el mundo con **Pies Descalzos** (mezclado por Di Persia), y nunca más la volvería a ver, porque ella se convertiría en una de las máximas estrellas de la historia universal de la música.

Uno de los países donde más sonó Tranzas fue Bolivia. Desde que los escucharon por primera vez, aquel país se convirtió en su segundo hogar.

En la primera gira internacional, tenían planificado dar dos conciertos en Bolivia y terminaron dando ocho.

Entre concierto y concierto, empezaron a invitarlos a fiestas que hacían quedar mal a su 'crew' en Ecuador, porque eran tan intensas que Ricardo Pólit parecía un niño inocente, frente a los organizadores de las salvajadas que se armaban en La Paz y en Santa Cruz.

Uno de aquellos días no habían dormido absolutamente nada, y tenían una entrevista muy temprano en la mañana en un programa de variedades en la principal televisora del país. Fueron desde la fiesta directamente al canal, se lavaron la cara en el baño de los camerinos, y de pronto ya estaban los cuatro en vivo para toda Bolivia.

Alfonso se había puesto unas gafas oscuras para disimular la cara de mala noche, pero el resto parecía que tenían algún tipo de enfermedad terminal y no habían dormido un año, pero ahí estaban estoicos, tratando de dar la mejor imagen de músicos maduros.

De repente, la presentadora, leyendo una tarjeta, dijo muy risueña:

—Tenemos una pregunta que nos hace una fanática televidente, entonces ¿Alfonso, tu corazón tiene dueña?

Alfonso estaba con sus gafas, un poco sonreído, pero absolutamente quieto y en silencio, mudo, como si no fuera para él la pregunta. En ese momento Douglas se dio cuenta que el baterista estaba totalmente dormido, quizá hasta soñando, y muy disimuladamente, puso su brazo detrás de él, con dos dedos le sujetó los cabellos de la nuca, y le movió la cabeza para atrás y para adelante, para que asienta con un sí.

Estuvo a punto de reírse, pero logró controlarse un poco. Troi quien también se había percatado de la situación, reaccionó y respondió por él:

—Alfonso es un poco reservado, y no le gusta hablar de su vida personal.

Poco después empezó a roncar, al punto que la entrevistadora se percató y tuvo que pedir un corte, porque el ruido ya se estaba empezando a escuchar por el micrófono.

Cuando salieron del estudio, en medio de las carcajadas, Douglas dijo:

—Hicimos nuestra propia versión de "Fin de semana con el muerto", hicimos la entrevista con el muerto.

Aunque como siempre demostraron un buen trabajo en equipo para salir del problema, desde ese día pusieron en el reglamento interno de Tranzas, (jamás escrito), que estaba terminantemente prohibido participar de una entrevista con gafas. Poco después Alfonso confesó que era como la quinta vez que lo hacía.

1998

—¡Nos engavetaron estos hijos de puta! —entró gritando y azotando la puerta Fuentes.

Los cuatro integrantes interrumpieron el ensayo y Douglas preguntó:

—¿Qué significa eso, Edgardo?

Los de BMG, nos engavetaron ¡puta madre! —siguió despotricando el empresario.

Después de grabar **Parte de ti Internacional** en Miami, había realizado un video en México con el mismísimo Memo del Bosque, quien le había grabado a los grandes, incluido a Luis Miguel, y aunque no habían sonado en ese país, luego habían dado conciertos en Colombia, Bolivia, Perú y Costa Rica.

Éxito total en muchos países. *Dile* estuvo de número uno en cada radio, de cada lugar donde fue distribuida por BMG y el resto de canciones también, al menos en el 'top five'. Los conciertos eran totalmente repletos y recibieron tres discos de oro en dos meses.

El sueño se estaba cumpliendo tan rápido, que no les daba tiempo ni de sorprenderse. El Ecuador entero recibía impactado las noticias que llegaban desde el exterior, en especial quienes habían lapidado a Douglas como un mal cantante. Por primera vez un grupo ecuatoriano estaba pegando en Latinoamérica.

De repente, silencio.

En menos de tres meses, la locura había terminado y los Tranzas no entendían por qué.

Las radios dejaron de ponerlos y con el dinamismo de la música, fueron reemplazados inmediatamente por otras canciones. Sin sonar en las radios, la gente los pedía cada vez menos, compraban menos sus discos y por eso, tampoco tenían conciertos. Pasaron como un viento fuerte y veloz, pese a que tenían muchas canciones buenas en ese disco. Era todo muy extraño.

Fuentes había viajado a Bogotá a reunirse con la disquera para entender qué estaba pasando.

Después de esperar mucho tiempo que lo atiendan, le habían dicho que así mismo sucedía con la música moderna, la mayoría eran grupos relámpago, que destellaban con fuerza y se extinguían muy rápido.

Él no había aceptado esa explicación porque sabía lo que tenía y había insistido en hablar con el gerente de la disquera. Lo esperó, estaba dispuesto a dormir en el despacho hasta que llegue. No lo conocía, porque había firmado en Ecuador con su representante.

Cuando llegó ya era de noche, entró sin mirarlo, y Fuentes desde el pasillo le exigió aireado una explicación y le pidió un poco de respeto.

El hombre detuvo su marcha, lo miró y le dijo:

—Sí sé quién es usted, hermano, comprenda, esto es una guerra, su grupo es bueno, pero hay otros mejores que también necesitamos que suenen...

—¡He invertido demasiado dinero, estabamos como número uno! ¿Para qué nos firmaron contrato si nos van a sacar de las radios? —replicó más molesto el representante de Tranzas.

Entonces, el colombiano le dio su primera lección verdadera como empresario musical de nivel internacional. Se le acercó y con una voz pausada llena de ira e impaciencia, le dijo:

—Si no firmaba contrato con ustedes, se iban con mi competencia y les quitaban espacio a mis verdaderos artistas, no seas pendejo, son ecuatorianos chimbos...

Fuentes, con los ojos encendidos, estuvo a punto de saltarle al cuello al gerente, aunque era mucho más alto que él; sin embargo, respiró profundo, asumió su derrota y juró en secreto venganza.

Entonces cuando regresó a Guayaquil, había interrumpido el ensayo, y Douglas le había preguntado, ¿qué era engavetar y que por qué estaba tan cabreado? a lo que el representante le respondió:

—Cuando ven a un grupo bueno que puede opacar a sus estrellas mexicanas o colombianas, lo compran, le dan una vuelta, y luego lo guardan en una gaveta con llave, ¡para siempre! ¡Nos estafaron, muchachos!

En ese momento Douglas pudo escuchar en su memoria, de forma simultánea, a todas las horribles voces que le habían dicho durante toda su vida que era un fracaso. Nuevamente sintió que caía al vacío, en el mismo precipicio al que lo lanzó Troi, cuando le dijo que Tranzas debía terminar y que le conseguiría un trabajo.

Lo que le había dicho Edgardo Fuentes significaba que todas sus obras maestras, sus grandes éxitos, los siete años de trabajo, ¡todo!, había sido eliminado de golpe y enterrado para siempre en el mercado internacional, los derechos de esas canciones, descansarían en paz en los archivos de BMG.

Cuando Troi quería liquidar el grupo, no terminó de caer al vacío porque había tenido de donde sujetarse. Había algunas canciones geniales ya escritas, había ideas, tenía hambre y el universo era solo el Ecuador, pero en ese momento, ya sabía lo que era la fama y la grandeza, había rasguñado el cielo, y estaba cayendo desde un lugar mucho más alto, sin ninguna cuerda de la que podría sujetarse y con la convicción inmediata, de que ya no tendría otra oportunidad, no habría otro Fuentes, no habría otro Di Persia, nuevamente estaría solo, con el apoyo moral de la banda, empezando desde cero.

Pero había subestimado a Fuentes, porque como amigo era el mejor, pero como enemigo, el peor. Douglas aún no lo sabía. Su representante musical era un poeta de la venganza. Entonces viendo como el muchacho salió del estudio y se dejó caer en una escalera casi desvanecido por la decepción, le dijo:

—No te preocupes maestro, ahora quiero que te olvides de todo lo que hiciste, no te aferres a ninguna canción de mierda, vamos a componer un disco nuevo, ¡desde cero! y les vamos a romper el culo a todos...

1999

Ese año el Ecuador enfrentaría uno de sus más graves desastres, políticos, sociales y económicos de todos los tiempos: El feriado bancario, en el que una gran parte de la población perdió sus ahorros y más de dos millones de ciudadanos tuvieron que emigrar. Muchas de esas generaciones habían crecido con la música de Tranzas, y la recordarían con nostalgia en todos los rincones del mundo.

Todo lo que compuso y compondría, serviría para emocionar la vida de esos ecuatorianos que tenían que luchar día a día por un futuro para sus familias, y con su música se inspiraban al recordar a sus amores lejanos.

Pero Douglas estaba ajeno a todo eso, su universo era la música, y las palabras de Fuentes, retumbaban en la cabeza y el vocalista empezó a revisar sus composiciones. Estaban por todas partes, dispersas en el universo, en el viento, en el sonido de los vehículos, en las noticias, pronto tuvo las primeras cuatro canciones de su nuevo disco.

El compositor jamás pensó que Fuentes realizaría otra inversión y apostaría nuevamente por ellos, la verdad es que no había perdido tanto, porque habían logrado vender más de 70 mil discos en toda Latinoamérica; sin embargo, el nuevo apoyo venía con "premio", ahora sí estaba decidido a hacer respetar sus criterios y gustos musicales.

Uno de aquellos días en un avión, le dijo en voz muy baja:

—Te voy a contar algo, yo diseñé todo el sistema de comunicaciones para la guerra, era un reto imposible, esa enorme cordillera del Cóndor es realmente inaccesible, pero lo logré. Además, traje el primer sistema para transmisiones vía satélite del Ecuador, yo no he ganado millones de dólares, he ganado decenas de millones, no creo que me alcance la vida para gastarme toda la plata que tengo, ahora estoy aburrido y siempre he logrado lo que he querido, quiero que, definitivamente, triunfes con mis canciones.

Varios días después, el vocalista de Tranzas llevó al estudio ***Si volvieras, Por siempre, Mientras me quieras, Me Voy, Por las noches*** y ***I Wanna Go***, la que había compuesto cuando le negaron la visa. A Fuentes solo le gustó la última, y además de sus caprichos musicales, cada vez era más grosero, no solo con Douglas, sino con toda la banda.

El plan era lograr componer, arreglar 13 canciones nuevas y grabar un nuevo disco en Miami con Víctor Di Persia y el famoso productor Rey Sánchez, para luego ir a negociarlo con furia, a México. El problema era que casi ninguna composición le gustaba al empresario, e insistía en que tocaran sus extrañas canciones, hasta que un día los botó a todos del estudio en un arranque de locura:

—Ya estoy trabajando con otra banda, parece que ustedes se quedaron pegados a las canciones viejas, no sirven para nada, se largan del estudio...

Al día siguiente los llamó para disculparse, pero ellos ya se habían dado cuenta que tenían que ver la forma de independizarse, su personalidad tan volátil no les garantizaba ningún futuro. Vivían un momento de tensión, muy pocos conciertos, muy pocos ingresos por los discos y el 'crew' se había dispersado, no había nada que celebrar.

Todo empeoró cuando Fuentes llevó nuevamente a Fernando Cobos, el inestable tecladista, para que, supuestamente, arregle las canciones.

Douglas atravesaba un periodo complicado. Su relación con Silvia se había convertido en un "matrimonio" desigual y distante. El aún seguía enamorado de ella, y trataba de hacer méritos, pero sus celos se habían hecho intensos e incontrolables.

A medida que pasaban los meses y evolucionaba de ser el artista adolescente fenómeno en su país al artista adulto que había sentido por un breve instante el éxito internacional, su carácter se iba haciendo más difícil. No hablaba, ni con la prensa ni con el público, y sonreía muy poco. Un simple detalle en el comportamiento de Silvia, podía hacer que le acusara de infiel, y le hiciera sentir la peor mujer del mundo.

Luego de haber perdido su oportunidad en el exterior, las canciones dentro del país habían terminado la primera fase de euforia, y ya se estaban convirtiendo en clásicos. Su situación económica había empeorado y estaba más ensimismado y más tímido que nunca. Por aquel coctel de frustraciones, sin que él fuera consciente, había compuesto en su mente una melodía que resumía el libro entero que podría escribirle.

Nunca sabría describir cómo era en verdad su proceso creativo, pero decía que las melodías estaban en el universo, y él las podía captar, porque en su cerebro las notas musicales eran el principal idioma. La verdad es que las ideas no venían desde el universo completas, sino que entraban y conspiraban con aquel mundo interior, que, para bien y para mal, siempre estaba latiendo en carne viva.

La primera vez que Silvia la escuchó fue en la radio, porque él ya había perdido el valor de decirle las cosas directamente. La voz de Douglas sonaba cansada y triste, y ella tuvo que detener el vehículo, mientras sentía como su vida se diluía junto a la profunda melodía, y lo veía en su mente, diciéndole con la guitarra:

Debes buscarte un nuevo amor
Que no guarde sus problemas
Que no sea como yo a la hora de la cena
Que cuando muera de celos él jamás te diga nada,
Que no tenga como yo tantas heridas en el alma.
Debes buscarte un nuevo amor, que sea todo un caballero,
Que tenga una profesión, sin problemas de dinero,
Que sea amigo de tus amigos, simpatice con tus padres
Y nunca hable demás, que no pueda lastimarte
Pero vida me conoces desde siempre y ahora tengo que decir,
Siempre digo lo que siento...

Que no vas a encontrar nunca, con quien mirar las estrellas,
Alguien que pueda bajarte con un beso una de ellas,
Alguien que te haga sentir tocar el cielo con las manos,
Alguien que te haga volar como yo, no vas a encontrarlo.
Que no vas a encontrar nunca alguien que te ame de veras
Alguien que te haga llorar de tanto amar, de tantos besos,
Alguien con quien caminar como dos locos de la mano, alguien
Que te haga vibrar como yo, no vas a encontrarlo
Debes buscarte un nuevo amor que se acuerde de las fechas,
Que no sea como yo, siempre cumpla sus promesas,
Alguien que pueda quererte solo un poco y cierta parte
Alguien que no sea como yo, que solo viva para amarte.

2001

Silvia se había dado cuenta de que la relación debía terminar y de que, a pesar de quererlo y admirarlo, no iba a ser capaz de lidiar con esa sensibilidad tan aguda. Para él todo era de vida o muerte, no había términos medios, por eso su amor era un amor sangriento, medular, y su resentimiento, una estaca clavada para siempre en el centro del pecho.

Cuando le tocó la canción **Nuevo Amor** a Fuentes, este le dijo furioso, que era todo lo contrario a lo que necesitaba y que tome en cuenta sus canciones o de una vez por todas cerraría el contrato:

—Déjate de huevadas, esa canción es más de lo mismo, ya basta, parece que cantas la misma canción siempre...

Entonces Douglas hizo una jugada maestra de las que le había enseñado uno de sus hermanos, que era ajedrecista. Tomó el primer vuelo a Miami que consiguió, llegó al estudio, interrumpió todo, pidió una guitarra y le cantó la canción a Rey Sánchez, el gran productor musical que habían contratado, a lo que él respondió sin aliento:

—Es definitivamente, la mejor cosa que has compuesto ¡fuck!

Aquella canción superaría todo lo que había hecho hasta el momento, y rompería nuevamente sus propios récords. Sin embargo, ya había vivido un poco y entendía que salir disparado al éxito no siempre era el mejor plan. Podía ser como la explosión de un yate, que te impulsaba hacia el cielo, pero luego te dejaba en una playa, tendido, exhausto y quemado.

Cierto día cuando Douglas estaba con la banda en Miami arreglando los demos, llegó Fuentes, quiso escuchar todo y pidió que se empiece de cero, aunque al parecer de Douglas, estaban quedando alucinantes. Habían conseguido al baterista de Stevie Wonder, a una violonchelista famosa, entre otras cosas que eran como un sueño para cualquier grupo musical. Pero el empresario estaba totalmente descontrolado, él pagaba, y él quería su música.

Siempre se jactaba de que había sido baterista de los Corvets, y que esa era una verdadera banda de rock. La verdad era que lo había sido un mes, durante el cual habían soportado sus desvaríos musicales.

Dos horas después viendo que nadie le hacía caso, los botó a todos: *¡qué se larguen, que no los quería volver a ver en su vida!* Sin embargo, ya era demasiado tarde para un berrinche. Rey Sánchez ya había hecho mucha amistad con Douglas y realmente admiraba su música. Una hora después, con paciencia, el productor le hizo entender que, con él o sin él, ese disco sería producido, porque era más que bueno.

Pese a la guerra entre Fuentes y Douglas, que iba adquiriendo dimensiones épicas, el disco se grabó, y tomó el nombre de otra canción que le había escrito a Silvia: ***Por Siempre***.

Él ya sabía y sentía que la relación se estaba terminando y aquella composición no era un intento de reconquista, sino un estertor de un amor que se quedaría por siempre con profundad gratitud en su memoria.

Además, el nombre tenía otro significado para Douglas. Cuando se lo entregaron por primera vez, lo sostuvo en sus manos, lo miró y dijo para sí:

—Pueden engavetarme, pueden insultarme, pueden matarme, pero yo soy Douglas Bastidas y Tranzas sonará por siempre...

Pese a que lo dijo muy despacio, todos los miembros de la banda y del estudio, lo escucharon. Quienes ya lo conocían sabían que tenía razón, pero no sabían que su verdadera guerra, no tendría nada que ver con aquello, y recién estaba empezando.

Televisión Digital se estrenó muy bien como disquera con **Por Siempre**, y distribuyó casi 100 mil discos compactos en todo el continente.

Nuevamente toda la imagen, portada y fotografía la manejó Carlos Ferrín, consolidando el isotipo de Tranzas, con un círculo y una T inclinada, como un símbolo de la música romántica en Latinoamérica.

Debes buscarte un nuevo amor se convirtió en la frase romántica favorita de muchos países de Latinoamérica y fue cantada por varios artistas de renombre en el continente. Tres canciones del disco entraron en la lista de los clásicos en español, y ganaron varios discos de oro.

En Estados Unidos fueron número uno en las radios de en Nueva York, Houston, El Paso, San Diego, Chicago y no entraron en el ranking de los números uno de Billboard, por la inexperiencia de la disquera, que no distribuyó el disco de manera simultánea en las dos costas, entonces fue número uno en Los Ángeles, luego de que ya habían salido de las radios de Miami.

Nuevamente enfrentaba la locura de conciertos, viajes, entrevistas, autógrafos, para la que ya estaban un poco preparados, sin embargo, jamás imaginaron lo que se vendría. Fueron invitados a muchos programas, teletones, eventos e inclusive al legendario Sábado Gigante de Don Francisco.

Aunque no constaban sus canciones en el disco, Fuentes estaba emocionado, Televisión Digital había realizado un gran debut en la jungla musical. Debido al fenómeno de **Un Nuevo Amor**, Fonovisa de México, la disquera de Televisa, les había propuesto editar la canción y relanzar el disco con su apoyo.

Fueron conscientes de lo que estaban logrando cuando llegaron a México. Habían vendido más de 200 mil copias del sencillo, pero aún no lo sabían.

Los esperaban en el aeropuerto cientos de personas, y con una escolta de seguridad abordaron una Dodge Caravan blanca, pintada con el logotipo de Tranzas. Luego mientras viajaban callados y sorprendidos, escucharon que **Un Nuevo Amor** fue repetida tres veces en la radio del vehículo, entonces paralizados por la emoción, entendieron que estaban pegando en el mercado musical hispano más difícil del mundo. Ya habían sido número uno en varios países, pero no ahí, esas eran las ligas mayores.

Ni en las proyecciones más optimistas se hubieran planteado ese nivel de éxito. Desde ese momento todos los viajes de Tranzas fueron en primera clase, los hoteles cinco estrellas, y de pronto de ser artistas famosos de gran proyección, pasaron a ser superestrellas en algunos países de América, mucho más de lo que habían sido en Ecuador.

Por suerte no tenían la influencia pervertida del 'crew' y las cosas no se salían de control. Nunca abusaron de la cuenta abierta de los hoteles, ni armaron los bacanales de los años anteriores. Solo una vez cuando luego de un concierto en Puebla, donde habían asistido casi 30 mil personas, encontraron a cinco fanáticas escondidas en el armario de la suite del hotel. Aunque Troi había tratado de poner orden, ya Douglas y Alfonso habían pedido varias botellas de whisky.

El sueño ahora sí era astral.

Luego de varios meses, cuando regresaron al Ecuador, Edgardo Fuentes les organizó una fiesta de bienvenida en Salinas, a manera de disculpa y reconciliación.

Siempre habían visto, en la entrada de la playa de Salinas, esa gran pared que abarcaba una cuadra y nunca sospecharon lo que había adentro. Cuando llegaron, estaba atardeciendo, se encontraron con una inmensa mansión de mármol y paredes blancas, una piscina que parecía de 100 metros, caminos de piedra con palmeras centinelas, todo tapizado de césped y mayordomos por todas partes.

Fuentes salió a recibirlos con los brazos abiertos, exhibiendo su desconcertante sonrisa, acompañado de un apuesto joven, de aproximadamente 35 años.

—Les presento al duque Jean Pierre Leblanc; viene de Grenoble, Francia. Él nos ha prestado su humilde casa para la fiesta —dijo Fuentes.

Para el evento nadie había invitado al 'crew', era algo mucho más refinado, desde la comida, la música y los invitados. Al final no se escucharon gritos obscenos, no se vio a gente tirada en el piso, ni vomitando en la piscina. Todo fue calmado, con bocaditos de 'foie gras', un piano de Bach en vivo, tocado por un francés traído solo para la fiesta y un anfitrión que tenía asombrados a todos.

Había llegado al país representando a las inversiones que su familia tenía por toda Latinoamérica. En Ecuador era dueño de uno de los principales ingenios azucareros, y en el resto de países de muchas empresas grandes.

Pero ¿cómo así era amigo de Fuentes? era lo que se preguntaba Douglas y el resto de la banda. Pensaban que seguramente tenía que ver con los negocios, pero pronto cuando el francés empezó a preguntarle a Douglas sobre la composición pop, se dio cuenta que la conexión venía por la música.

Jean Pierre amaba la música, aunque no era realmente bueno, sabía tocar casi todos los instrumentos, y tenía de hobby la producción.

Antes de aquella noche había escuchado todo lo de Tranzas y admiraba a Douglas, por lo tanto, capturó toda su atención en ese primer encuentro.

Al final de la fiesta, Alfonso reclamó:

—Que aburrida esa huevada, la próxima vamos tomar en la calle como siempre...

Pronto se convirtieron en grandes amigos. Ni el vocalista de Tranzas, ni nadie, podían sospechar que el apuesto millonario y carismático francés podría ser algún día una amenaza.

Desde que conoció Europa, Douglas había quedado impresionado con su cultura y sabía que la información musical que acumuló en poco tiempo en Italia, le estaba sirviendo para orientar los rugidos del monstruo. Por esta razón, aquella nueva amistad le empezó a abrir otra cultura desconocida, pero de igual profundidad. Jean Pierre le hacía escuchar a sus compositores clásicos franceses favoritos, Machaut, Dufay y Berlioz, con inquietas melodías que para Douglas eran como una droga. El ecuatoriano trataba de enseñarle a componer baladas y así pasaron muchas tardes en Salinas.

Un mes después el francés le presentó a su novia estadounidense radicada en Guayaquil, Bahiyyih Mahoney. Era una rubia alta de facciones rectas y perfectas, que tenía un encantador defecto: un ojo era de color verde aceituna brillante y el otro era azul de cielo radiante. Douglas pensó que era una de las mujeres más guapas que había visto en su vida y que, junto a Jean Pierre, parecían un romance del jet set de Hollywood. Por algún motivo sintió que ya la conocía, pero no recordaba de donde.

Ese fin de semana, salieron en parejas a dar un paseo por Guayaquil y Silvia de inmediato empezó a conversar con Bahi, aunque su español no era fluido, como si hubieran sido amigas toda la vida. Entonces Douglas recordó, con asombro, que ella había trabajado, por un corto tiempo en Ifesa. La pareja extranjera acompañaba a Silvia a todos los conciertos de Douglas, e inclusive viajaron a Bolivia donde Tranzas se estaba convirtiendo en leyenda.

Jean Pierre había fundado Wild Records apadrinando a Chicho Terán, quien se proyectaba como un gran solista representante del rock ecuatoriano. Además, había estado componiendo algunas canciones durante varios años, y quería la ayuda de Douglas, porque su sueño era lanzar un disco a nivel internacional.

En menos de un año habían fundado una relación de hermandad cuyo núcleo era la música, pasaban horas desbaratando la clásica y contemporánea, analizando el futuro de la industria e imaginando grandes proyectos en conjunto. El francés sabía que el contrato entre Fuentes y Tranzas tenía fecha de caducidad. Por su parte también Silvia y Bahi se habían hecho casi, casi, las mejores amigas.

Hasta que un día todo se trastocó, de tal manera qué, afectaría el futuro musical de Douglas para siempre.

2000

Silvia estaba de viaje en Italia, como la mayoría de las veces. Por su parte Jean Pierre había viajado a Paraguay para sus negocios de producción de papel.

Por algún motivo, cuando Douglas la fue a dejar al aeropuerto, ella le dijo:

—No puedes salir con mujeres, si te aburres llama a Bahi y sal con ella...

Seguramente era porque la joven extranjera, no tomaba, no fumaba y era impecable en todos los aspectos de su vida.

En realidad, no lo hizo. Durante algunos meses no había tenido fines de semana libres, pero aquel viernes se encontró con que no tenía ningún show, por lo tanto, salió con el 'crew' y por casualidad encontró a Bahi en un bar junto a otras amigas de Jean Pierre.

Los grupos se unificaron y se armó una fiesta confusa de las que tanto extrañaba Ricardo Pólit. Douglas se mantuvo, como era costumbre, callado en público, y solo cuando cantó se escuchó su voz.

Entre tantos misterios del destino, es posible que la música sea el único puente del tiempo, que une al futuro con el pasado de muchas formas caprichosas, y pudiera ser que esto, ya estuvo escrito desde siempre.

Antes de la media noche, Douglas vio que Bahi al ver el descontrol de la reunión, salió del bar sin despedirse. Pensó que tal vez se sentía mal en ese ambiente, y cuando salió apresurado la vio buscando un taxi:

—Espera Bahi, yo te llevo —la detuvo Douglas preocupado y muy seguro de lo que hacía porque tenía permiso de Silvia— es peligroso a esta hora...

Ella sonrió tímidamente y asintió en silencio.

Douglas le preguntó algunas cosas sobre Jean Pierre, resaltando sus talentos, y ella hizo lo propio con respecto a Silvia.

De repente se encontraron hablando y vagando sin rumbo, por un Guayaquil totalmente desierto a medianoche: ni un carro ni una persona, ni siquiera estaban los perros que deambulan en la noche por la ciudad. Parecía que todos sus habitantes, hasta los policías, habían conspirado para dejarlos solos.

Douglas ya se había dado cuenta que cuando tenía una relación en la que dejaba de verse a los ojos con su pareja, la relación terminaba rápido por cualquier motivo; sin embargo, por alguna extraña razón, con ninguna mujer había podido mantener la mirada fija durante varios minutos; siempre que pasaba, alguno de los dos la desviaba. Pero con Bahi todo fue distinto.

Cuando detuvieron el carro en un parque, y empezaron a hablar sin parar de todos los temas posibles, Douglas se percató que ni ella ni él desviaban la mirada. Ambos se miraban profundamente y esa mirada fija de sus ojos desconcertantes, que parecían dos galaxias desconocidas y fascinantes, lo sacaron del planeta a otro universo, donde solo ella existía.

Nada físico pasó aquella noche, ni un beso ni un roce de su mano, pasó algo más profundo, allá donde pasan las cosas importantes, las que no se pueden ver, solo sentir.

Solo una semana después, mientras paseaban una noche, ninguno de los dos supo en qué momento el vehículo se detuvo, y la conversación fluida se convirtió en una lucha desesperada, jadeante y mutua por arrancarse la boca.

Douglas sintió que había nacido otra vez. Ese no fue un sentimiento plácido, agradable, y de felicidad sosegada, como el que tenía por Silvia, más parecido a un lago, a un mar en calma. Aquello fue un huracán, una explosión en un yate, el arrastre embravecido de la vida, que lo hacía renacer feliz, pero aturdido.

A veces no era necesario hablar, solo se iban a observar el río Guayas, tal vez para que la lava incandescente que les recorría las venas, se convirtiera en una corriente lenta y mansa que se redimiría en el Océano Pacífico.

Pero fue en vano, porque ese tipo de pasiones llegan para demolerlo todo. Otra vez empezaron a morderse desesperados, porque sin saberlo, durante los meses anteriores, ella se había conectado hasta la médula con la esencia romántica de cada una de sus canciones, y él se había enamorado en un par de semanas de aquella fiera reprimida con ojos felinos y bicolores que parecían galaxias lejanas.

Poco tiempo más tarde, Douglas estaba tan perdido, al punto en que la respiración se le dificultaba cuando no estaba con ella, el único problema era que Silvia iba a llegar tres días después.

El aún la quería, pero ya eran más hermanos que novios, y lo que estaba sintiendo por Bahi, no se parecía a ninguna pasión precedente.

Por otro lado, Jean Pierre había sido novio de Bahi desde hace seis años. Era algo así como el partido perfecto, con todas las cualidades que una mujer podría pedir, pero era un duque, y su perfección podía resultar aburrida, cuando lo comparaba con el muchacho latino que cantaba hasta estremecerla. Muchas noches antes, se sorprendió a sí misma en vela escuchando a Tranzas, encerrada en su cuarto, llorando y abrazando a una almohada.

Silvia lo llamó desde Italia para decirle que tardaría un par de días más, y esa fue la "señal" que Douglas estaba esperando para decidirlo. Engañándose, como si su alma pudiera caminar por una ruta distinta al amor.

Al colgar, llamó a Troi y le dijo:

—Pana ven al departamento, y trae una botella de whisky que vamos a hacer una despedida...

Esa noche se despidieron de aquel lugar especial donde habían compartido grandes momentos durante los últimos cinco años.

Troi lo ayudó a empacar sus instrumentos y equipos, sus cuadernos de composición y una mochila de ropa. Cuando terminaron y estaban en camino a casa de sus padres, Douglas se dio cuenta, nuevamente con pavor, que no tenía nada en la vida.

Al día siguiente la esperó en el aeropuerto, y mientras la llevaba al departamento, ella hablaba sin parar de nuevos viajes, planes de futuro. Con su instinto femenino sentía que algo grave había pasado.

Al entrar, ella no vio los instrumentos en el cuarto de grabación, y de inmediato fue consciente de la realidad:

—¿Quién es? —le preguntó

—¡Nadie! Silvia debemos tomarnos un tiempo, estamos muy mal últimamente —mintió él.

Luego la abrazó y lloraron juntos, porque ambos sabían que su relación ya había terminado desde que dejaron de mirarse a los ojos.

Al atardecer del siguiente día, Jean Pierre y todo Guayaquil sabían. El francés regresó al Ecuador furioso, su gran amigo resultaba ser un traidor, y escondía morbosos intereses cuando se le acercaba. *Tantas tardes y reuniones de música, fueron solo la excusa de este imbécil*, pensó.

Desde ese momento utilizaría toda su fortuna, su carisma, y sus habilidades para recuperarla, mientras Douglas enfrentaría aquel duelo, apenas con su guitarra.

El vocalista de Tranzas lo sabía, pero nunca sospechó que la lucha sería tan violenta. Esa primera noche los guardaespaldas de Jean Pierre, lo esperaban afuera de su departamento. Con una amabilidad mortal, lo obligaron a subirse en una furgoneta para dar un paseo.

Después de unas cuantas caricias y amenazas, lo regresaron al punto de partida. Se equivocaron, no sabían que cuando Douglas amaba, podía hacerlo hasta morir.

Desde ese día, adolorido, tomó su guitarra para defenderse, y empezó a componer un disco completo para ella: Canciones para Bahiyyie.

Y como lo tenía calculado, pasando un día la derretía con una nueva melodía a la que no era necesario ni ponerle letra, la primera fue: **Un día sin tu amor,** en la que sin querer se inspiro, una parte en sus nostalgias de Silvia y otra en su nueva pasión descubierta.

Sé que no estamos bien
Me has hecho tanto daño y a veces yo a ti también
Quizás tengan razón, debemos separarnos
Por el bien de los dos
Pero hoy imaginé, un día sin tu amor y casi muero
Sentí tanto dolor, que el mundo se paró, el tiempo se paró
Que me faltaba el aire ya no latía más el corazón
Sentí tanto dolor que el mundo se paró
Que prefiero morir, y no sin ti vivir
Nada sería peor, que un día sin tu amor...

Mientras tanto el francés la llenaba de flores, de llamadas, de cartas, que ella no quería ni recibir.

El rencor fue como una semilla que por primera vez nacía en el alma de Jean Pierre. No sabía que era tierra fértil y que pronto se convertiría en un gran tronco sobre el que apoyaría su vida. Douglas ni sospechaba que se había ganado un enemigo medieval cuyo honor mancillado jamás quedaría sin castigo. No tenía ni idea de cuánto repercutiría esta afrenta en su futuro musical.

Las batallas iniciales fueron duras, y siempre las ganaba Douglas. Bahi terminaba con él escapada, escondida y totalmente feliz.

Él argumentó a la disquera y a sus compañeros que estaría ausente componiendo, aunque Fuentes ya sabía lo que pasaba por sus permanentes conversaciones con Jean Pierre. No solo eran amigos de la música, sino que ya habían entablado otro tipo de negocios juntos.

Luego de tres meses del idilio de cuento, Bahi consolidó sus dudas. Douglas no tenía medidas ni equilibrio, se entregaba por entero al romance, a la caricia, a la palabra linda, a las Canciones **Para Bahi**, a diseñar los planes de vida. Ella también era así al principio, como una niña ilusionada, pero poco a poco se empezó a asfixiar. Cada vez hacían más efecto las palabras conservadoras de su madre: *lo máximo que te puede ofrecer un cantante que a los 30 años vive con sus padres, es una bonita canción que no te sirve para nada.*

Entonces el francés, paciente y decidido a recuperarla, empezó a ganar terreno, a conversar más, a darle costosos regalos, como un auto, que ella no quiso recibir en ese momento.

Douglas no lo vio venir, hasta que ella le dijo un poco triste y con su acento extranjero:

—Quiero poco de espacio, para pensar la vida

El sintió nuevamente que estaba al borde de un precipicio y las náuseas no lo dejaron ni responder. Era la primera vez que ella mostraba un rechazo contundente, para el cual no estaba preparado.

Si en ese momento hubiera sabido un poco cómo funciona el ser humano y el universo, se hubiera retirado como un caballero digno a esperarla, pero en lugar de eso, gruesas lágrimas de angustia le cayeron del rostro.

Ella lo abrazó, más con pena que con pasión, y sin que ninguno se diera cuenta, esa inmediata translocación de sentimientos, lo liquidó como pareja en el corazón de ella.

A partir de ahí, durante otros tres meses, fue una constante súplica, que terminó en un viaje de ella a Quito para oxigenarse un poco. Decía que lo estaba pensando y no sabía que camino tomaría, pero la realidad era que de repente por Douglas, solo sentía compasión. El joven romántico y apasionado, había pasado a convertirse en un espejo roto de sí mismo, siempre con ojeras, cada vez más flaco y alejándose de su carrera.

Uno de aquellos días, hablaron por teléfono y ella le comunicó su decisión: volvería con Jean Pierre.

No era un hombre, era una catarata. No podía cantarse a sí mismo: *Debes buscarte un nuevo amor* y terminó de hundirse. Pese a las suplicas de su madre pasó tres días seguidos sin salir de su habitación casi sin probar bocado. La banda entera fue a su casa, incluido Ricardo Pólit, pero solo estuvo dispuesto a recibir a Troi, que, asustado al verlo en proceso de momificación, le dijo:

—Ya no seas marica, levántate ¡estamos pre nominados a los Grammys! Vamos a tomar, no lo arruines todo.

A lo que Douglas, aun con los ojos cerrados, respondió contundente y desde ultratumba:

—Me vale

A eso Troi replicó:

—Hablé con Bahi, me preguntó por ti, me dijo que siempre le hablabas de la soledad y que podías vivir sin ella, ya no tienes chance por ahí, solo quiere que estés bien. Reacciona, te vas a morir por pendejo.

Entonces el compositor abrió los ojos, lo miró y sentenció:

—¿Cómo? Si ya estoy muerto.

Fue en ese momento en que hizo clic en su cerebro, la letra y la melodía entera, de lo que para él sería la mejor canción de su vida.

Se quedó mirando al techo y cuando sintió que todos se habían retirado, se levantó de golpe, se secó la cara y empezó a escribir con la mano temblorosa. Luego tomó su guitarra y le pareció pesada por la debilidad que tenía; entonces, surgió la magia.

De ninguna manera estaba pensando en componer un hit ni en Tranzas, ni en su carrera, estaba únicamente concentrado en recuperar un puente emocional con ella. Pensaba que tal vez una canción haría el milagro, como ya lo había hecho en otros momentos de su vida.

Y preguntas por mí
Que cómo me va
A ver cómo tomé
Tantas cosas que hablé
De la soledad
Que si estoy bien o mal
Que si puedo reír
O si puedo llorar
Y preguntas por mí
Por curiosidad
Y quisiera decir
Que te extraño a rabiar
Que ya no puedo más
O se me pasará
Pero ya no lo sé
Yo ya no siento más
Porque ya no estoy aquí, morí
Morí el día en que te fuiste así de mí
No estoy, camino por las calles sin pensar
Oigo sin escuchar
Abrazo sin sentir

Soy el único muerto que puede caminar
Porque ya no estoy aquí, morí
Morí el día en que te fuiste así de mí
No estoy, solo existe este maldito amor
Que es más grande que el sol
No tiene compasión
No preguntes por mí
Yo ya no estoy aquí
(Ya no estoy aquí, ya no estoy aquí)

En ese momento ya tenía una buena computadora y equipos informáticos para grabar y mezclar, por lo que arregló toda la canción con varios instrumentos y luego grabó por primera vez **Morí**. La voz realmente estaba destruida, quebrada, se sentía que cantaba desde terapia intensiva, alimentándose por sonda y con el cura en la puerta del cuarto del hospital, dispuesto a darle los Santos Oleos.

Esa misma noche fue con el disco a esperarla en el aeropuerto. Ella accedió a que la llevara a su casa, y cuando se subieron al auto, puso la canción.

Esta vez el efecto fue contrario, ella en la segunda frase le dijo:

—Por favor, quita la música, no me gusta, muy triste, deprime...

En ese momento el golpe no fue en su amor propio, a su persona, sino a su música, y era algo que jamás había experimentado por parte de una mujer, porque todas celebraban su talento. Entonces regresó de golpe su orgullo, pero más por el respeto a su arte que a sí mismo.

La dejó en su casa y se dispuso a olvidarla, ya no con tristeza, sino con rabia, con algunas notas heridas, y con una letra que podía remover cualquier corazón. Si no conmovía el de ella, era porque realmente no la conocía. Se había equivocado de persona.

Al día siguiente llevó **Canciones para Bahi** al estudio, incluyendo **Morí**.

Fuentes lo escuchó y dijo:

—Porquería, este muchacho nuevamente está perdido, no se mareen, si **Por siempre** tuvo éxito es porque yo lo promocioné...

Pero todos los presentes, los de la banda, los productores, lo miraron como si estuviera loco. Aún estaban temblando después de escuchar esos gritos desgarradores de la versión original de **Morí**.

En una reunión interna todo el equipo de producción le dijo al empresario que el disco completo estaba increíble y tenía una fuerza distinta, a lo que él respondió:

—Esa música no se va a grabar, yo mando aquí, se borra de este estudio, tengo mucha plata en juego y ese muchacho piensa que puede hacer lo que le da la gana, ¡hasta quitarle la mujer a su mejor amigo!—

Esa fue la última cosa que soportó Douglas de Fuentes, ¡total! ya estaba muerto, no tenía disquera, el contrato con Fonovisa lo había firmado Televisión Digital, no tenía ni un centavo, y había perdido al amor de su vida. Ya se estaba acostumbrando a empezar desde cero y lo único que le importaba en ese momento era el resentimiento con Bahi. Cada paso era como un pataleo en el aire, mientras caía en el vacío.

Lo único que tenía en la vida eran sus canciones, y sin embargo en ese momento ya empezaba a dudar si todavía eran de él.

Pero todos sabían que no sería fácil deshacerse de Fuentes. Cada día les llegaban rumores, en los que decía que los iba a destruir, que se encargaría de que nunca más volvieran a grabar un disco y ese tipo de cosas, y mientras los otros se asustaban, Douglas solo sonreía, porque ya estaba recuperándose y sabía que nada, ni nadie en el mundo, lo podían parar, ni todos sus amores juntos, abandonándolo.

Lo que sí le angustió luego de matar a Cupido a golpes de guitarra, fue que no tenía ni un centavo, y no se había dado cuenta. Televisión Digital les pagaba un sueldo, pero aún no habían recibido nada de regalías, ni conciertos. Todo había sucedido muy rápido. Nunca se había preocupado por el dinero, y rápidamente fue consciente de cuánto Silvia, subsidiaba su estilo de vida. Entonces reunió a la Banda para conversar:

—No puede ser que ya seamos famosos en muchos países y sigamos chiros, vamos a trabajar durísimo para recuperarnos, ¡haremos cuatro conciertos a la semana! —dijo con vehemencia a todos.

Al mes siguiente Tranzas emprendió su propio camino, nuevamente con el apoyo del 'crew' (sin Lam) y sin rechazar ningún tipo de presentación. Al poco tiempo, Fuentes se portó decente y les hizo llegar a cada uno, un cheque de 15 mil dólares, correspondiente a la venta de **Por Siempre** en todo el continente. En realidad, ese dinero había sido un gesto de arrepentimiento con el objetivo de recuperarlos, pero para Tranzas era el único impulso que necesitaban para lanzarse a conquistar el mundo solos.

Pese a su resentimiento, seguía pensando en Bahi, pero trataba de estar siempre ocupado en conciertos o en llamadas internacionales para gestionar alguna oportunidad, tratando de no caer en la depresión al imaginarse que alguien más la estaba besando. Por el éxito de **Por siempre**, las disqueras colombianas le estaban dando la apertura preliminar que necesitaba.

Habían coincidido en algunos bares, de los que Jean Pierre y Bahi al percatarse se iban de inmediato. Cierta noche, en una de aquellas escenas, Douglas se quedó parado impávido, como si estuviera bajo un aguacero, resignado viendo al horizonte. De repente una joven alta, morena, de grandes ojos verdes, con facciones perfectas, lo tomó del brazo y le dijo:

—No te agobies Tranzas, vamos a bailar...

Era Mafalda Arboleda, amiga en común del grupo de Bahi, que había quedado Miss Ecuador en 1994. En ese momento trabajaba como modelo y era amiga de mucha confianza de Douglas.

—Estoy bien, profesora —le respondió Douglas con una sonrisa.

Aunque no le gustaba, porque en su cerebro no había neurona que no esté conectada a un recuerdo o a un cabello de Bahi, se fue acercando a Mafalda como una buena amiga.

Ella tenía un novio del que siempre se quejaba; por lo tanto, ambos tenían la paciencia para escucharse sus historias sobre el amor no correspondido.

Cierto día festivo, ella le dijo:

—Juan Carlos se va fuera del país, dice que lo acompañe, pero yo sé que solo lo dice por compromiso; él seguro se va con una de sus zorras, mi familia se va a Baños, no sé qué hacer la verdad.

—Si, deja a ese 'man', vente conmigo, tengo un concierto en una discoteca en Salinas —le dijo muy serio Douglas, encogiendo el ceño como siempre lo hacía cuando algo le impacientaba, porque sabía que el tipo le era infiel de manera pública.

Ella no lo dejó terminar la frase y aceptó.

Douglas estaba empezando a tomar más después de lo de Bahi y eso le hacía perder la timidez. Al terminar el concierto impulsado por Troi y Alfonso, se subió al escenario para bailar y cuatro modelos lo rodearon con movimientos sensuales.

Cuando ya se le estaban pegando demasiado y Douglas empezaba a emocionarse, Mafalda se subió al pequeño tablado y las apartó de dos zarpazos, como si fuera una mamá leona cuidando a su cría.

Solo en ese momento, el aún inocente cantante se dio cuenta que la ex Miss, lo estaba cortejando desde la primera vez que lo sacó a bailar. *¡Qué vaina!* pensó, *es tan guapa y no me gusta para nada, será que en verdad me morí.*

Luego sintió que estaba mareado y que no podría manejar de regreso, entonces se sentó en una escalera de la discoteca, para recuperarse un poco. Se puso las manos en la cara, y cuando abrió los ojos, a través de sus dedos ligeramente separados, la vio bailando: su cuerpo esbelto, la piel bronceada que brillaba con cada flash, y una sensualidad feroz de la que no se había percatado nunca.

Entonces con el mayor alivio del mundo, como si le hubieran extirpado un tumor, se dio cuenta que sí le gustaba otra y que ya no era él, sino Bahi la que acababa de morir.

En aquel momento, de golpe, se le quitó la borrachera. Se paró, la tomó de la mano como si fuera su dueño y se la llevó sin decirle ninguna palabra.

Entraron al primer hotel que se cruzó en el camino e hicieron el amor durante toda la noche. Aunque ambos estaban pensando en sus parejas anteriores, hubo mucha conexión.

Nunca se acoplaron de manera salvaje, porque ambos sabían que el amor histérico siempre termina mal.

Se fueron enamorando despacio y profundamente, como si aquel sentimiento se pudiera añejar como un buen vino. Los dos empezaban al mismo tiempo la transición a la madurez real, y sabían que una relación estable era más parecida a la felicidad, mucho más que la guerra mundial de endorfinas de los amores tormentosos.

Pero no sabían que el destino no es el que los seres humanos planifican, sino el que está escrito por el dueño del universo, en la grandiosa y extraña novela de la vida.

2001

Mafalda y Douglas eran muy similares en nivel social, económico y cultural por lo que cuando anunciaron su compromiso un año después, a nadie le sorprendió. Solo a Bahi, quien patinó en el arrepentimiento y lo llamó llorando cuatro madrugadas consecutivas, hasta que él, sin ningún rencor, le dejó claro que se casaría con Mafalda.

Douglas estaba harto de esa vida de montaña rusa, de electrocardiograma, en la que todas las mañanas al despertar, tenía que hacer un esfuerzo para recordar, dónde y con quién estaba y aunque lo había intentado con Silvia, no logró ese amor eterno que necesitaba para hacer realidad una canción que hable del futuro y no de la nostalgia.

Por eso le propuso matrimonio. Era la mujer hermosa y correcta con la que quería compartir el resto de su vida, para superar los dramas y dedicarse a componer.

La ceremonia fue íntima y sencilla. La única novedad fue que Don Luis Luis Arturo Bastidas tuvo que golpear a Ricardo Pólit, porque tenía un megáfono escondido y cada cierto tiempo interrumpía la ceremonia en el juzgado con un rapidísimo y casi inentendible:

—Flaco, no lo hagas...

Luego, cuando ya se terminó la fiesta y Douglas salió en su carro con la novia rumbo al departamento que habían alquilado, el 'crew' los siguió en tres carros y una buseta. Algunos iban con medio cuerpo salido por la ventana cantando en coro canciones de Tranzas, y la pareja alcanzó a escuchar que le dedicaban: ***Solo Un Tonto***. Toda la ciudad se enteró de su primera noche de bodas.

Al día siguiente salieron de luna de miel a Miami, con miedo de que los miembros del 'crew' estuvieran escondidos en el aeropuerto y los avergonzaran delante de todo el mundo.

Fue una noche en el camerino de un concierto. Ella lo esperaba sonreída, dando pequeños saltitos, para darle la noticia: estaba embarazada.

Él se quedó inmóvil por un momento y luego la abrazó. *Todo resuelto, pensó, con ella me quedaré para siempre.*

El embarazo no fue sencillo, ella no soportaba la comida y durante un mes tuvieron que alimentarla por suero. Luego fue diagnosticada con placenta previa, y por los riesgos programaron una cesárea. Douglas cantaba muy poco, y no compuso nada durante esa época, estaba concentrado en que su esposa esté bien y que su hijo naciera completo.

El día programado decidió que entraría al parto y las piernas le temblaban. El ginecólogo que se había hecho su gran amigo, le dio la indumentaria quirúrgica para que pudiera participar de la operación. En un vestidor se puso los zapatos con elástico, el gorro y la bata. Cuando el doctor lo vio se rio y le dijo:

—Tienes un zapato puesto en la cabeza.

Luego casi se cae entrando al quirófano, entonces el médico nuevamente en carcajada dijo:

—Más me preocupa este muchacho que la señora

Cuando Douglas vio la sangre, sintió que sus huesos se derretían. Era algo nuevo, como que su cuerpo era de gelatina. Jamás se había desmayado y fue consciente de que estaba a punto de hacerlo.

Justo antes de caer desvanecido, pusieron a Roberto en sus manos e inmediatamente se repuso. Quedó maravillado de aquel milagro, y en aquel segundo se sintió inmortal, repetido, infinito, porque aquella cosa pequeñita y medio extraña, era parte de él para siempre.

Todos estaban ahí, era el primer nieto de la familia, y Douglas ya no era el paria de siempre, sino el gran compositor famoso a nivel internacional a quien todos admiraban.

Esa misma noche tenía concierto en Quevedo, y tuvo que aceptar porque no podían perder ninguna oportunidad.

El coliseo estaba repleto y llegó un poco atrasado. Empezó a cantar emocionado otra canción que no era la planificada, entonces los miembros de la banda quedaron desubicados, pero rápidamente improvisaron y lo siguieron.

Aunque en ese momento él hablaba muy poco con el público, antes de empezar la segunda canción, les dijo:

—Esta noche es muy especial para mí, acabo de tener un bebé, gracias a todos por estar aquí.

Una ovación del público hizo estremecer el escenario y con una carga redoblada de adrenalina, dio uno de los conciertos más intensos y recordados de toda su carrera.

Mientras cantaba pensaba en su familia, y en que ahora sí estaba preparado para conquistar el mundo, y tenía razón; musicalmente estaba preparado, pero no como empresario.

2002

Mientras su matrimonio se fundía con acero, viajó a Colombia para hacer un recorrido por las disqueras con **Morí** y otras nuevas canciones que le había compuesto a Mafalda. El resto del disco Canciones para Bahi, había decidido enterrarlo para siempre.

El primer empresario con el que se encontró fue Álvaro Duque, dueño de la disquera Jan Music. No había sido muy difícil conseguir la cita porque el colombiano estaba impresionado con **Nuevo Amor**, pero cuando escuchó el demo de **Morí**, se puso a llorar sin vergüenza. Era el original, con esa voz de ultratumba que erizaba la piel, (aunque Douglas, más adelante nunca permitiría que se grabe un disco con ella, porque la consideraba algo demasiado personal, que iba más allá del arte, a desnudar su propia alma).

Al despegar de Bogotá vio la inmensidad de la ciudad, era casi tan grande como su país. Recordó los últimos años, todas las propuestas que tenía para radicarse en México DF, ciudad aún más grande. Por diversos motivos los ofrecimientos de las disqueras no se habían concretado, y en ese momento decidió que debía irse o si no se quedaría encerrado en un mercado hermoso, pero limitado.

Mientras tanto en Ecuador, Mafalda estaba emocionada, porque había encontrado la casa de sus sueños. Para la entrada le bastaba con sus ahorros y el dinero de los discos que aún guardaba Douglas, además, le daban financiamiento.

Pero Douglas tenía otros planes, lapidarios para los sueños de familia de Mafalda, pero que le abrían el mundo:

—Vamos a vender todo y nos vamos a México.

Ella suspiró, pero supo que era cierto. Su esposo estaba perdiendo el tiempo en un mercado tan pequeño, y si se endeudaban en la casa, tendrían que quedarse para siempre.

Ir al mercado musical más grande de habla hispana de viaje, con un disco pegado, hacer entrevistas y conciertos, era una cosa.

Decidirse a viajar con su familia, y con todas las familias de la banda, para ser realmente importantes allá, era un reto muy valiente, pero además jamás había intentado eso ningún grupo, ni artista ecuatoriano, desde Julio Jaramillo, cuando viajó por toda América, en la época en que el mundo era un lugar más noble.

Pero por primera vez en su historia musical, el viento sopló a favor, empujando su talento, hacia donde tenía que ir. De un momento a otro Álvaro abriría las operaciones de Jan Music en Miami, en sociedad con la disquera dominicana J&N, llevándose bajo el brazo como estrella número uno a Tranzas.

Cuando Álvaro lo llamó y le contó, Douglas se puso a bailar como un poseído, la canción de la serie Friends que estaba empezando en la televisión. Solo él entendía la tremenda oportunidad que le había surgido de manera fortuita.

Pocos meses despúes grabó **Serenata** en Miami, nuevamente con Ocean View, de Víctor Di Persia y Rey Sánchez. Todos quedaron emocionados con **Morí**, pero el disco incluía otras buenas canciones autobiográficas como **Volverás a Comenzar** y **Nuestras Canciones**.

Fonovisa en su acuerdo con Televisión Digital, había vendido más de 200 mil copias de **Por siempre**; sin embargo, por alguna razón que no entendían, la disquera del monstruo latinoamericano de la comunicación, Televisa, había quebrado.

Fuentes, como viejo loco, seguía rondando al grupo, argumentando que sin él no iban a lograr nada. A veces llegaba al estudio en Miami y todos se agachaban, mientras el guardia le decía que no estaban. Cuando se iba, seguían trabajando con una carcajada.

Álvaro Duque inmediatamente puso al disco como número uno en Colombia, Venezuela y otros países, además negoció **Serenata** con Universal México, quien quería repetir el mismo disco de Fonovisa, únicamente por la canción **Nuevo Amor**, que para ellos aún tenía varios meses de vida, pero cuando escucharon **Morí**, se dieron cuenta que les daría un número uno aún más grande.

Douglas nuevamente sorprendía a todos con sus composiciones, en las que hacía malabares con las notas, sus sentimientos y recuerdos.

Universal en aquel momento tenía oficinas que casi abarcaban una cuadra. La quiebra de Fonovisa, era un anunció inequívoco del descalabro que estaba a punto de suceder con la industria musical en todo el mundo, pero nadie se daba cuenta, y menos aún quienes estaban dentro del bosque.

Morí fue otro fenómeno no solo en México, sino en Chile, Bolivia, Costa Rica y todos los países donde sonó.

En Colombia, los directores de la telenovela internacional "Pobre Pablo" de RCN Televisión, firmaron contrato con Jan Music para que **Nuevo Amor**, sea la canción principal y los integrantes de Tranzas participen de un capítulo.

Luego en México, **Morí**, fue adoptada en la banda sonora de la telenovela de moda en toda América: "Clase 406", con el grupo de jóvenes RBD.

En esos meses en que preparaban la mudanza, pasaban viajando por todo el continente, y su fama en México rebasó todos los límites que se habían imaginado. Llegaban solo a hoteles cinco estrellas pagados por Universal, tenían extenuantes jornadas con la prensa, donde recibían a un periodista cada 15 minutos.

Esos meses fueron invitados a cantar en un festival en el Auditorio Nacional de México, uno de los escenarios más impresionantes del mundo. A Douglas le recordó el teatro La Scala, pero multiplicado por 50.

Cuando salieron de los camerinos por los pasillos de alfombra roja, cientos de periodistas los enceguecían con los flashes, como si fuera un nuevo mundo rodeado de miles de soles, y les gritaban preguntas que no entendían, entonces Troi le preguntó al oído a Douglas:

—¿Es verdad esta huevada o estamos soñando?

De repente estaban en una gran sala detrás del escenario con Thalía, Paulina Rubio, Luis Miguel, y todas las mega estrellas que solo habían visto por televisión. Los ecuatorianos no sabían si conversar o pedirles autógrafos, pero cuando salieron a cantar y las 10 mil personas del auditorio cantaron en coro **Nuevo Amor** y **Morí**, como si fueran sus clásicos favoritos de toda la vida, los grandes de la música, supieron quiénes eran.

Tranzas empezaría a escribir una historia imborrable en el ocaso de la industria musical. Mientras ellos subían como espuma, la industria se caía a pedazos y pronto tendrían que enfrentarlo.

Cuando llegaron a México, Douglas sabía que llegaban a una ciudad difícil en todos los sentidos y que la adaptación sería bastante complicada.

Alquiló una linda casa en la Colonia San José Insurgentes, cerca del famoso teatro. El arriendo era demasiado costoso para su presupuesto, pero vivir en una zona residencial tenía dos objetivos: que la familia se adapte más rápido y poder recibir a las grandes personalidades de la música que sabía que tendría que recibir.

En general la vida en el DF era mucho más costosa que en Ecuador, cada miembro de la banda necesitaba al menos cinco mil dólares mensuales para vivir decentemente, y en un principio esto no fue problema. Los discos no pararon de generar ganancias, y aunque los conciertos promocionales en su mayoría eran gratis, la administración de Universal los trataba muy bien.

Al ser el representante de Tranzas, Douglas empezó a conocer y a compartir cenas y momentos con la cúpula del mundo de la composición musical, sus ídolos: Cantoral quien escribió **El Reloj**, Juan Carlos Calderón, **La Incondicional**, Armando Manzanero con un repertorio infinito, de quien se decía que ganaba 300 mil dólares mensuales como compositor, entre otros. No lo presentaban como el vocalista de Tranzas, sino como el compositor de **Nuevo Amor** y **Morí**, y cierta vez, una de aquellas leyendas le repreguntó:

—¿Tu escribiste esa canción? Eres un genio.

Ya había dejado de ser un sueño, como decía Troi, el éxito era una realidad, pero él sentía que aún no había compuesto ni la mitad de sus mejores canciones. Una de sus virtudes musicales, y que en ciertos momentos sería un defecto, era que nunca quería aferrarse a sus éxitos anteriores, siempre quería ser mejor e ir para adelante.

En una de aquellas reuniones le habían recomendado que contratara a Patricio Vaca, quien había sido 'manager' de Maná, para que gestione su carrera y refuerce lo que podía hacer la disquera. El famoso Pato tenía en su compañía a Jorge Gonzales de Los Prisioneros, a Beto Cueva de La Ley, entre otros. Cierto día los invitó a una fiesta que daba MTV y de pronto, 20 años después se encontró nuevamente de frente con Jorge. El chileno, fundador de Los Prisioneros, sonrió y lo reconoció de inmediato:

—Tú eres el chiquillo de Guayaquil, cierto, weón, yo sabía que eras tú mismo

Entonces lo abrazó como si hubieran sido amigos toda la vida. Gonzales lo había escuchado y apreciaba sus composiciones. Aunque era difícil de creer, la leyenda chilena también tenía un top ten de compositores favoritos, y Douglas estaba ahí con dos canciones.

Entonces empezó una conexión que duraría toda la vida. Para Douglas era un loco genial, una bestia ante las cámaras, que cuando se ponía el traje de cantautor irreverente, era capaz de insultar a Don Francisco en una Teletón, abandonar un set de televisión si la entrevista no le gustaba, o, dejar tiradas las gaviotas de plata que se había ganado en Viña del Mar, pero cuando estaba en privado como amigo o en su vida familiar era uno de los seres más nobles que había conocido.

Uno de aquellos dias Douglas lo acompañó a comprarse un vehículo, porque quería cambiar su auto por uno más confortable para viajes familiares. El ecuatoriano quedó sorprendido cuando Jorge, sacó su tarjeta de crédito y compró un Jeep Liberty negro.

—¿Por qué no te compras uno para pasear con la familia? —le dijo.

Douglas que aún no tenía carro en México y su tarjeta no le cubría ni para una moto, le respondió:

—¡Por qué no tengo plata, pues!

—¿Cómo y con más de mil canciones buenas sonando por América? ¿Me estái jodiendo, weón?

Douglas sonrió avergonzado, pero recién estaba entendiendo que la Sociedad Chilena de Cantautores le pagaba cientos de miles de dólares al año por las canciones de Los Prisioneros, cosa que no sucedía en Ecuador y que no entendía aún cómo funcionaba en el mundo.

Jorge se quedó pensando y le dijo a la señorita que atendía:

—No quiero uno, quiero dos iguales, por favor.

Douglas arrugó el ceño, como siempre cuando algo le confundía o le molestaba y se negó, pero Jorge insistió y dándole un fuerte y amistoso puñete en el hombro le dijo:

—Cuando tengái algún día, se lo pagas a la tarjeta.

Compartieron muchas cosas, fiestas, viajes familiares, e inclusive compusieron juntos una canción que jamás fue grabada que se llamó: ***Nunca más volveré a hablar de amor***.

Fue en esa época, cuando en un concierto de Police en el DF, Jorge le dijo muy serio:

—Estos weones me caen mal, todo le copian a Maná

A lo que Douglas respondió conuna carcajada.

Entre muchas cosas que aprendió del chileno sobre el salvaje mundo de la música, se le quedó grabado para siempre cuando le dijo:

—Sabes por qué tenéi éxito, weón, porque no te traicionái a ti mismo, siempre le das a lo tuyo, pero no te confíes que, en esta mierda, tienes que aplastar para que no te aplasten, ¿cachái?

Fue en uno de aquellos conciertos promocionales que organizaban las radios con los artistas más sonados, cuando fue consciente. Las luces le encandilaron el rostro, los nervios se fueron, y ya no sintió la misma presión en el pecho que sintió en su primer concierto en el Colegio La Inmaculada de Guayaquil. El sentimiento era distinto, a pesar de los gritos del público y de la emoción que inundaba el coliseo, él vivía un silencio, su propio silencio.

Entonces, una voz en el interior de su cerebro le dijo: *Douglas, Dime si recuerdas cuando no tenías dinero para el almuerzo, cuando tenías que pedirles a tus panas para la buseta, cuando hicieron una colecta para que produzcas tu disco, el que probablemente era el último y agónico disco.*

De pronto, rompió su silencio interior con un grito de:

—Buenas noches Méxicoooo—

Empezó a cantar con todos los recuerdos convertidos en lágrimas que aún no habían salido y en vez de nudo, una fuerza desconocida en su garganta:

—***Debes buscarte un nuevo amor***...—

Sin embargo, como siempre, esa voz que tal vez era la de su padre en otro tiempo, lo dejó clavado sobre el escenario real. Era el primer ecuatoriano rompiendo todos los récords continentales de la música hispana, pero seguía siendo el mismo muchacho sencillo que nació en una casa vieja de Guayaquil, entre las calles Boyacá y Luque, con más sueños que certezas.

Entonces fue por primera vez consciente de lo que había logrado, y cuanto le había costado llegar ahí, por eso no se detendría, por su hijo, por su esposa, por sus padres, por su país.

Los empresarios musicales de México y Estados Unidos veían a Tranzas como una banda con el potencial de ser lanzada a nivel mundial, eran distintos, tenían cada vez mejores canciones y cubrían aquel espacio de rock pop romántico y nostálgico que no tenía representantes notables.

Pero como ya hemos dicho en este libro, la vida real no es nunca perfecta, porque no son caminos rectos, sino retorcidos por los que transita el ser humano para cumplir su destino. Entonces algo siniestro pronto llegaría para oscurecer el horizonte.

2003

Cierto día recibió una llamada de Víctor Di Persia, que lo cambiaría todo:

—Los españoles de Emy Publishing vinieron, escucharon **Nuevo Amor** y quieren firmar contigo—

—Y ¿qué significa esa vaina?—

—Una compañía de music publishing te paga por tus derechos de compositor— respondió el productor —te ofrecen cinco mil dólares para iniciar y los pasajes para que vengas de inmediato a Miami.

Esta sería una las cosas más estúpidas que firmaría en toda su vida. Era un contrato leonino, gigantesco, que nunca revisó, donde empeñaría cuatro discos, en los que recibiría apenas migajas por los derechos de autor. Estaba ingenuamente emocionado por el descubrimiento de otra forma de ganar dinero en el negocio de la música.

Cuando regresó a México empezó una etapa distinta, porque varios artistas querían que componga algo parecido para ellos. Entonces algunas compañías de Publishing como Sony y Warner Chapel le ofrecieron firmar con adelantos que iban de 50 mil a 80 mil dólares.

Al ver que le ofrecían adelantos más de 10 veces superiores, averiguó cómo rescindir el contrato con Emy, pero le informaron que debía tener un "major loable", o una publicación con una disquera mundial para poder cerrarlo, era uno de los tecnicismos de la letra pequeña, con el que le habían tendido una trampa.

Entonces siguió coqueteando con todas las grandes para saber cuánto dinero había perdido, y regodearse en su estupidez empresarial. No le quedó más que seguir trabajando con Emy desde México.

Los artistas de música regional mexicana, al ver la popularidad de sus canciones, querían meter composiciones de Douglas en sus discos, pero Emy ponía unas condiciones absurdas.

Lo llamaron a una reunión confidencial para que componga para Cuisillos, una legendaria y masiva banda local:

—Tiene que ser con Emy —les dijo Douglas resignado.

—No seas pendejo, "que componga tu mujer" —le respondió el 'manager' de la banda.

Fue así como muchas canciones populares de México de aquellos años, fueron compuestas por Mafalda Arboleda, "quien, en un arranque de inspiración, superó a su propio esposo".

Entonces el progreso llegó. Douglas, no Tranzas, empezó a recibir cheques, no de 15 mil dólares, sino de 40 mil y no cada año, sino cada dos meses.

Ahí empezaron los inconvenientes con sus hermanos del grupo, porque todos sintieron que el final de Tranzas se acercaba y que no podían seguir en México.

Fue en ese mismo año, considerando todo el éxito que había tenido en Latinoamérica, y que los españoles se habían fijado en su canción, cuando se le ocurrió la idea de tocar las puertas de Universal España y proyectar a Tranzas como un grupo mundial, aquello podía significar un renacer completo de la banda. No quería que Tranzas se disuelva y que sus amigos se vayan de México.

Ya había cantado allá muchas veces, siempre invitado por las diferentes comunidades de ecuatorianos en Europa, pero como Tranzas, no habían sido editados y lanzados en el Viejo Continente.

Recordó que Pato Vaca tenía entre sus amigos al hijo de Jesús López, un español famoso por ser uno de los ejecutivos más poderosos de Universal en el mundo. Entonces se armó una reunión con el joven, que, siguiendo los pasos de su padre, ejercía como empresario artístico en México.

En aquella reunión Douglas le recordó sus cifras de ventas, los discos de oro, y de cuántas veces había permanecido como número uno en las radios de todo el continente, entonces le pidió que por favor hablara con su padre, para que le dieran una pequeña oportunidad en las radios de Europa.

La respuesta la recibió esa misma semana:

—No, chaval, Tranzas no está para España, menos para el resto de Europa.

Los miembros de la banda recibieron la noticia resignados, ya no tendrían más oportunidades, y era verdad, ese mercado era distinto, no lo conocían, no podían aventurarse a renegar por la respuesta. Douglas en cambio se puso furioso con la disquera, era el más consciente de la cantidad de dinero que Tranzas les había generado, y sabía que tenía derecho a pedir una oportunidad.

Entonces trató de contactarse directamente con el ejecutivo, pero no le dio cita, ni telefónica.

Nuevamente insistió con su hijo, ya en otro tono, mezclando angustia con exigencia.

Al lo que el joven empresario le respondió con un tono de vergüenza y de resignación.

—Chaval, el viejo es chapado a la antigua, tu música es de la hostia, creo que tendría éxito allá, pero eres ecuatoriano, y la última vez que se lo mencioné se molestó y me dijo que estás un poco despistado, y no te has dado cuenta de aquello.

En ese momento, por primera vez en toda su carrera, se fijó en un detalle, venía de un país pequeño y minimizado. De pronto recordó algunas situaciones parecidas que sucedieron en los Estados Unidos, por ejemplo, cuando no pudo sonar en las dos costas, porque inexplicablemente en las radios de Los Ángeles se negaron durante un buen tiempo, pese al éxito que estaba teniendo en Miami, entonces entendió que otro espíritu oscuro había estado impidiendo que Tranzas tuviera éxito a nivel mundial: la xenofobia.

Poco después en Praga se daría cuenta de cuán equivocado estaba Jesús López.

2004

Pero aún Tranzas tenía vida y le faltaría alcanzar su más importante reconocimiento.

Pato Vaca los llamó para decirles que Christian Castro quería que lo acompañaran en su gira por los Estados Unidos.

El mexicano había sido fanático de sus canciones y desde el primer vuelo se hicieron amigos. Dieron conciertos gigantes del más alto nivel, en ocho estados. Las canciones de Tranzas empezaron a sonar más que nunca en toda Norteamérica.

Fueron con la disquera Universal y tocaron en el Universal Amphitheatre de Los Ángeles, entre otros escenarios emblemáticos de esa costa, la que era normalmente vetada para los artistas latinos, a excepción de los mexicanos.

Al retornar a México, le informaron a Douglas que **Morí** había ganado el Sesac Latina Music Award como la canción latina más importante de ese año, superando a Alex Sintek y otros pesos pesados.

Sesac era una de las tres compañías que defendía y cobraba los derechos musicales de ejecución pública de los autores en los Estados Unidos, y este sería el premio más importante que recibirían artistas ecuatorianos en toda la historia musical del país.

Con la certeza de que estaba en el camino correcto, empezó a componer su siguiente disco: ***Lo que no pude decir***, con el que recibiría un golpe mortal de una mano invisible, y cometería uno de los errores más grandes de toda su carrera, que quizá fue otro motivo importante para que Tranzas no despegue y se consolide como un grupo exitoso a nivel mundial.

2005

Todo empezó mal ese año. Víctor di Persia tuvo problemas porque estaba cayendo el negocio de producción musical. Ya ese momento, con las computadoras, se podían producir discos de alto nivel técnico en las casas; por lo tanto, decidió suspender operaciones. Por otro lado, Rey Sánchez se dedicó con una disquera sobreviviente, a trabajar para Chayanne. El esquema con el que Douglas se había acostumbrado al éxito se empezó a remover, siguiendo la misma tendencia de Fonovisa.

Ese mismo año Douglas también se percató de que Universal en México había disminuido notablemente de tamaño. Ya no era el gran edificio que abarcaba media manzana, ahora eran unas cuantas oficinas muy modestas.

Pese a eso, con el dinero de Álvaro Duque, gestionó la mejor producción posible en Miami. Contrató a Lee levin, uno de los mejores bateristas del mundo para algunas canciones, y a un productor venezolano llamado Daniel Rodríguez, que había mezclado para Prince.

En concordancia con la evolución de la música, y para disminuir costos, cada miembro de Tranzas grabó desde Ecuador la parte que le correspondía. Douglas lo hizo desde México y EE.UU. Luego cada participación fue mezclada para terminar el disco.

Douglas siempre había mezclado todas sus obras finales, y en definitiva su opinión artística era la que prevalecía. Su carácter tímido en el escenario, e ingenuo en los negocios musicales, contrastaban con la fuerza que tenía dentro de un estudio, y al momento en el cual debía defender su talento.

Pero esa vez fue distinto. El venezolano lo dejó muy en claro: él haría todo el trabajo. Pese a que Douglas le pagaba, se dejó tomar el pelo, confiando en su reputación de productor de grandes estrellas. El disco tenía un clásico: ***Dile***, que aún no había sonado en México apoyado de una gran disquera como Universal, y tenía una nueva apuesta, interesante pero arriesgada: **El Juego**. Un Ska rock movido, con mucho viento, un fondo mexicano y una letra pegajosa, de aquellas cotidianas y profundas, pero no era con lo que había triunfado el grupo:

Yo ya sé que la amas
Que no puedes perderla
Que por ella respiras
Que darías la vida
Solo por retenerla
Te lo voy a contar
Aunque no es nada nuevo
Que el amor es un juego
Que tú no sabes jugar
No la llames
No la busques
No le digas nada
Solo espera a que te busque
Y verás que te extraña...

Esa obsesión por hacer algo nuevo y mejor, le impidió grabar una balada rock ya probada como **Dime Si Recuerdas**, que fue un clásico en el Ecuador, pero nunca sonó en América. Lo que no podría grabar nunca más serían sus clásicos como **Parte de Ti, Ciertas Teorías**, y **Te amo Irremediablemente**, porque estaban engavetadas para siempre.

Cuando Universal escuchó el disco, decidió que **El Juego** sería el tema promocional, y Douglas dudó un poco, pero inmediatamente ratificó la postura. Nunca antes había dejado que la disquera imponga la canción principal, pero aquella vez se dejó llevar.

Cuando le comentó a Álvaro, este le dijo:

—No, esa no es la canción, saca **Dile**

Entonces Douglas replicó con una sonrisa confiada:

—Si el gerente de Universal quiere **El Juego**, le vamos a dar **El Juego** como principal, además vamos a hacer un gran video, relájate.

El colombiano admiraba, quería mucho y confiaba en el talento de Douglas; por lo tanto, casi nunca le discutía algo, pero aquella vez sí sintió algo distinto: Douglas estaba confiado, un poco sobrado. Tenía algunas razones, casi todos los discos que había compuesto en su vida, se convertían en éxitos inclusive en el mercado más difícil del mundo.

De pronto salieron al aire, y jamás **el Juego** fue número uno. A lo máximo que llegó fue a número cuatro en el primer mes de promoción y aunque trataron de meterla a la brava con una agresiva gira por todo México, nunca se acercó al éxito de las anteriores.

Eso era algo que nunca había dimensionado el compositor ecuatoriano, porque cuando el éxito es constante, no se calculan los estragos de un fracaso. Las expectativas de la disquera eran demasiado altas, y nunca les perdonaron no ser número uno. Ese era el verdadero mundo de la música, si fracasas una vez, estás fuera.

Douglas asumió el error y vio como en su cara, Universal cerraba el contrato, así como cerraba sus oficinas en diferentes partes del mundo y dejaba de ser universal, porque simplemente el internet y la tecnología, en una fusión macabra y desconocida, lo arrasaban todo como huracán.

El mundo pensó que el cambio se daba para bien porque la música se hizo masiva y de fácil acceso: primero Napster con las descargas gratuitas, luego los distintos formatos comprimidos, y despúes un sinnúmero de plataformas con la facilidad de la transmisión en línea.

Pero quienes vivían de la música, empezaron a entender que se estaba clavando lentamente una gran espada en el corazón de la calidad artística, en el corazón de miles de compositores que se esforzaban durante años, para construir discos monumentales con más de 10 canciones, grupos que se dedicaban por décadas a descifrar melodías y a estructurar armonías, solo con su oído y talento, cantantes que no podían usar sintetizadores de voz y tenían que afinarse a la brava para poder arrancar un aplauso.

Entonces la cadena de producción empezó a romperse por delante, destruyendo a los que vendían los discos y por detrás, aniquilando a quienes producían las grandes obras de arte. Nunca más existirían unos Beatles, Pink Floyds o Led Zeppelines en el planeta. Al dejar de ser un negocio, se extinguieron los grandes presupuestos y se cayeron a pedazos los estudios de producción.

—Fue toda mi culpa— les dijo a los de la banda —pero, así como tuve muchos aciertos y vivimos un tiempo espectacular, ahora la regué completamente.

Pero ya para ese momento, Douglas había entendido que el negocio de ser compositor era mucho más rentable, y podía sobrevivir más allá de lo que pasara con la producción como tal.

Ya no había dinero para mantener al grupo en México, los integrantes lo entendieron, porque ya habían estado organizando desde hace un tiempo su regreso al Ecuador. Sin embargo, como quien se despide de un desahuciado, hicieron la promesa de mantenerse como grupo. Douglas a su vez se comprometió a viajar cuando tuvieran shows o cualquier otro compromiso de banda.

En enero de ese año, antes de que partan, las huellas de Troi, Douglas y Alfonso quedaron impregnadas en el Paseo de las Estrellas de la plaza Galerías de la ciudad de México.

En realidad, Tranzas era un escudo para Douglas, él aún no sabía enfrentar a la prensa, ni al público, siempre aceptaba que tenía cara de amargado. Con los muchachos se sentía protegido, y la creatividad artística de cada uno siempre había sido clave en la mayoría de sus éxitos. Ahora sin ellos, su destino iba a ser estar encerrado en el último cuarto de su casa componiendo, algo que no le disgustaba tanto.

Esa vida pacífica de compositor exitoso tal vez era lo que necesitaba, pensó. Fue totalmente lo contrario de pacífica, estaba a punto de iniciar una guerra, en la que lo perdería nuevamente todo, pero esta vez, todo.

2006

Como tenía planificado, se encerró a componer en la última habitación de su casa, mientras su esposa Mafalda emprendía una prometedora carrera como modelo. Desde que llegó al DF y él la llevó a los primeros eventos, había causado revuelo, la Miss Ecuador, le decían en todos lados.

En esa época empezó a componer para artistas que trabajaban en TV Azteca. Cierto día, Miguel Hernández Pliego, uno de los más altos ejecutivos y productor de la segunda televisora más grande de México, pidió una reunión con él. Lo más extraño fue que la reunión no había sido convocada en su oficina, sino que era una invitación personal a su mansión.

Cuando entró fue consciente que estaba conociendo a otro nivel de millonario, en el camino de entrada había antílopes y animales que jamás había visto. La estructura de la casa era imposible de entender por su tamaño.

El hombre era maduro, delgado, con mucha frente, cabello blanco y lentes. Con una sonrisa lo invitó a tomar asiento en una gran oficina que tenía una vista a un horizonte verde impresionante.

—Eres un gran compositor, mis hijos adoran tus canciones.

Douglas sonrió y agradeció un poco intimidado.

El empresario prosiguió:

—Quisiera que trabajes para mí, creo que junto podemos hacer algunas cosas, mi hijo mayor tiene muchas ideas. Fonovisa murió, pero nosotros haremos música con otra visión entendiendo los cambios en la industria, por eso estoy buscando a los mejores talentos de México.

—Me parece interesante, Miguel, yo tengo muchas canciones que aún no he sacado, además ahora estoy haciendo una diaria, y Tranzas podría ser banda sonora de las telenovelas o equipo oficial del canal —respondió el ecuatoriano con el ceño fruncido.

—No, no, Douglas, la propuesta es para ti, y para poder empezar necesito que estés libre, libre de Tranzas, libre de disqueras, el trabajo que te propongo es completo y de largo plazo

Entonces abrió una libreta de cuero, escribió un cheque de 35 mil dólares, y se lo entregó.

—Esto es solo para que empieces a liberarte de todo

A partir de ahí empezaron una amistad muy formal, en la que se reunían largas horas a tomar vino y a conversar sobre el pasado y el futuro de la música, en ocasiones los acompañaba su hijo Benjamín.

Liberarse de Tranzas no suponía problema, ya los miembros habían retornado al Ecuador, y no tenía un compromiso firmado con ellos, tocar con la banda estaba a su entera libertad. Con Emy Publishing y con JAN Music, si tenía fuertes contratos, que debía resolver.

Cuando debió contratar a un abogado, o pedir consejos a los artistas más experimentados, decidió actuar solo y confiar en la buena fe de sus amigos.

Hernández le ofreció su casa en Miami para que llegue cuando necesite, y así fue. Douglas llegó a los Estados Unidos, fue esperado por un chofer y un guardia de TV Azteca, quienes lo llevaron en un Jaguar a la mansión de Miguel Hernández en Fisher Island, uno de los barrios más exclusivos de toda la Florida.

En medio de esa opulencia, con un yate de medio millón de dólares acoderado en el muelle de la casa, imaginó que nunca más tendría los problemas de dinero que mencionaba en su canción ***Nuevo amor***.

A lo largo de toda su vida siempre había compuesto por amor a una mujer o a la música, pero en ese momento ya sabía que debía generar patrimonio para su familia, y no podía tener ingresos inestables, ese futuro seguro no tenía lugar para el análisis.

Se reunió primero con Álvaro Duque, su gran amigo, el verdadero Padrino de su carrera. No sabía cómo contarle sus planes después de todo lo que el colombiano había hecho por él y sin sospechar que se le pondría aparentemente fácil, lo invitó a almorzar, y dejó que él hable primero:

—Querido Douglas, esto se está derrumbando, ya no puedo continuar con Jan Music, tendré que retirarme del negocio —le dijo apesadumbrado— debes negociar con los dominicanos, ya he roto mi sociedad con J&N, y los derechos de tus discos están ahí.

El ecuatoriano pensó que por un lado no defraudaría a su gran amigo, pero por otro le tocaba negociar con gente que ni conocía.

—Si, lo sospechaba —respondió preocupado— ¿y cómo quieres que negocie con ellos si no los conozco? Preséntamelos, por lo menos.

—Me encantaría, pero mi vuelo a Bogotá sale pronto, tranquilo son personas muy abiertas.

Álvaro nunca le haría nada malo a Douglas ni a ningún otro cantante, era un tipo pulcro, pero se confió de que sus anteriores socios tratarían con nobleza a su Tranzas.

Cuando Douglas llegó a su oficina, los dos hermanos dominicanos, ya tenían la mesa llena de papeles, listos para que él firme.

—Hijo, esta son las folmalidade pa que sea lible, los delecho para la leploducción de tus canciones de los tle discos anteliole, son nuestlos. Esa e la única folma, ¿Está de acueldo?

Douglas pensó como siempre, que cada día compondría mejor y que no necesitaba nada de lo anterior, además su prioridad era la libertad, y no estar atado a los esquemas tradicionales que no le habían generado ninguna fortuna.

Entonces sin entender realmente lo que estaba haciendo, asintió y firmó otra de las cosas que jamás debió haber firmado.

En ese momento de un tajo, como si fuera algo muy sencillo, perdió los derechos de toda la música que había hecho hasta ese día. Su arte, su talento, sus miles de horas encerrado en una habitación componiendo, sus lágrimas, el dolor, el sudor, todo, tirado a la basura, y regalado a dos empresarios abusivos sin ningún mérito, por una simple firma en un papel leguleyo que no servía para nada.

Algo parecido sucedió con Emy Publishing, para firmar tuvo que ceder la otra rama de ingresos posibles: los derechos como compositor. Así mismo lo regaló todo sin entender que hacía, como un suicida contento, repartiendo sus bienes en un garaje.

Aunque ni él ni nadie podían prever que varios años después las plataformas electrónicas de música pagada, dejarían enormes regalías a los dueños de aquellos papeles, y tendrían no solo a Douglas sino a miles de artistas en todo el mundo, pagando por escuchar sus propias canciones, y sin la posibilidad de poder compartirlas.

Terminó aquella jornada libre, con un chofer manejando un Jaguar del año, y creyéndose dueño del mundo rumbo a Fisher Island a toda velocidad.

Cuando las cosas iban mal, Ricardo Pólit decía:

—No te preocupes, que todo se va a poner peor...

Y cuánta razón tenía, porque lo que se venía a continuación sería una pesadilla astral.

2007

En el Ecuador habían sucedido muchas cosas a inicios de siglo, con presidentes que cambiaban cada nueve meses. Pero en ese momento, había ganado la primera dignidad Rafael Correa. Cuando Douglas vivía dentro del país, eso no le importaba mucho, peor cuando estaba radicado en México. Sin embargo, aunque él no lo sabía, su obra y su éxito tenían mucho que ver con un país convulsionado, que tenía pocas alegrías.

En las últimas semanas de negociación de su nuevo contrato, como artista libre, Miguel Hernández le había pedido que compusiera canciones para una telenovela, y Douglas le había cantado algunas. Ninguna le había gustado en especial al empresario.

Por un descuido de los que ya estaba acostumbrado a hacer toda su vida, le había regalado una de aquellas canciones a Pato Vaca, quien llamó a pedirle auxilio para uno de sus artistas de música regional. Para Douglas, quien desde que compuso **Dime Si Recuerdas**, hacer una canción con letra y música, no tomaba más que un par de horas, era un asunto totalmente sin importancia.

Pero el empresario de Tv Azteca hizo alarde de una buena memoria, transmitida desde sus antepasados españoles. Llamó a Douglas muy molesto porque había escuchado una de sus canciones en la radio.

El ecuatoriano estaba con su esposa almorzando en un restaurante y ella solo vio que él fruncía el ceño y le decía:

—No entiendo, pero ninguna te gustó, además tengo cientos y puedo escribir más—

Entonces Miguel le recriminó:

—Es cierto lo que me dicen, ¡no trabajaré contigo más!

Y le colgó el teléfono.

Douglas quedó totalmente sorprendido, era un golpe que llegaba desde ninguna parte, sin ninguna razón real, o lógica, el más ilustre caballero que había conocido en su vida, lo mandaba al diablo por una tontería.

Al día siguiente lo fue a buscar indignado. Estaba en un pasillo de Tv Azteca y cuando el artista ecuatoriano lo abordó, el empresario, sin mirarlos a los ojos, le dijo secamente:

—Por favor, no quiero que me busques más, nuestra relación personal y de negocios ha terminado, no puedo confiar en ti, hasta luego.

Douglas se quedó petrificado, sin capacidad de respuesta.

Entonces entró en su carro y con 36 años, y empezó a golpear el volante con frustración, como no lo había hecho desde que escribió **Morí**.

En ese momento se dio cuenta que era todavía el humilde muchacho guayaquileño y que había estado sentado con uno de los hombres más ricos de México, y sin entender siquiera el proyecto que le estaban planteando, había renunciado a lo único que tenía en la vida.

Años más tarde, con todo ya perdido, sabría la verdadera razón de aquel determinante portazo de su vida.

Llegó a su casa por la noche, estaba hinchado y le dolía la cabeza. El fracaso ya no solo era individual, sino que estaba a cargo de una familia, a la que no había prestado mucha atención por estar concentrado en crear las bases de la supervivencia y la estabilidad.

Desde antes de llegar a México, lo que habría librado con la música era una verdadera guerra, para poder estabilizar el éxito y convertirlo en dinero que le permitiera darle un futuro a su familia.

Buscó a Mafalda y la encontró en la cocina, vestida como que recién llegaba de algún lado. La abrazó, se acurrucó en su chaqueta y en lugar de encontrar un refugio en la principal persona para la que estaba luchando, sintió algo extraño.

Tenía un olor raro en su ropa, como de hospital.

Ella en lugar de darle alguna palabra de aliento, se apartó y le dijo:

—¡Ya basta!, ponte un negocio, búscate un trabajo, ya te peleaste con uno de los dueños de México, no has logrado nada con la música, ahora qué más quieres.

En ese segundo Douglas fue consciente que mientras él estaba en la batalla, en silencio, se había zanjado un abismo entre ambos. No lo podía creer, él sabía quién era en la música: discos de oro, premios, números uno, América entera lo sabía, pero su propia esposa no.

Además, no sabía hacer nada más que música, y Mafalda era una de las personas que más entendía eso.

Un día de aquellos mientras él estaba en un limbo, disperso, sin saber qué hacer. Mafalda le dijo que el cirujano plástico que le había hecho la operación unos meses antes, le había propuesto trabajo, que lo iba a aceptar porque necesitaban el dinero.

En ese momento de golpe, Douglas empezó a pensar que había perdido a su esposa y tuvieron sentido los: *me voy sola porque solo vamos entre mujeres, es bueno que vayas a Europa a dar conciertos, yo debo quedarme con el niño, no puedo ir a tu concierto, debo trabajar.*

Cuando le increpó un poco quebrado, sobre sus sospechas de que ya no sentía nada por él, ella le respondió:

—¿Sabes cuántas veces me has hablado en el último año? Yo quiero divorciarme de ti desde hace mucho tiempo.

Se quedó en silencio, se sentó en la sala y empezó a pensar profundamente, tratando de responderse las miles de preguntas que le surgían de pronto, como perros rabiosos que le ladraban muy cerca de la cara.

Él la amaba profundamente, pero había asumido que el matrimonio era un asunto resuelto para siempre, y que sus prioridades debían ser otras para mantenerlos felices. No le daba el cerebro, para ocuparse de la guerra musical, la composición y ser un padre de familia amoroso; así nació, nunca pudo hacer dos cosas a la vez. De repente vio como su hijo jugaba por un pasillo, estaba in- menso y no se había dado cuenta. Vio también las paredes de la casa y le pareció un lugar extraño que no había visitado hace mucho tiempo.

Entonces estaba nuevamente en cero, desnudo, como un recién nacido. No tenía banda, sus amigos se habían regresado al Ecuador un poco resentidos. No tenía disquera, ni al loco Fuentes, ni a Álvaro, ni a Fonovisa, ni a Universal, ni a TV Azteca, ni a nadie. No tenía los derechos de ninguna de sus canciones exitosas, ni como autor ni como reproductor, tampoco tenía muchos ahorros y ahora, nuevamente cayendo en el vacío del drama mayor de un hombre, se dio cuenta que ya no tenía familia.

Horas antes, estaba golpeado por el salvaje mundo de la música, pero sabía que se recuperaría. Empezar nuevamente no importaba, ya lo había logrado varias veces. Pero enfrentarse a la realidad del divorcio de la mujer que amaba profundamente y la separación de su hijo, al que sentía parte de su ser, no tenía precedentes, ni se acercaba un poco a las rupturas con sus novias o a las decepciones con las disqueras. Este no solo era un vacío, ni un morir lírico, era su peor pesadilla, era su propio fin del mundo. Y eso si lo quebró, eso sí amenazaba su carrera.

Mafalda empezó a hacer los papeles del divorcio y de un momento a otro, lo trataba como si fuera un extraño, un intruso en la casa. Esa misma semana había recibido una invitación para ir a tocar en España, entonces tomó una mochila, su guitarra, un vuelo y se fue.

Fue la primera de algunas largas temporadas en Europa, donde hizo giras solo, porque, aunque lo acompañaban siempre algunos músicos, él estaba viviendo en un mundo en el que sólo él habitaba. Cada concierto lo transmitía desde ese mundo, pero como siempre, la fuerza del repertorio de Tranzas, mantenía los eventos a reventar de latinos migrantes y europeos sorprendidos, en todos los países por los que pasaba.

Aunque él había compuesto todas las canciones, sentía que las entendía por primera vez en toda su sencillez y profundidad, entonces la gente lo notaba deprimido, y veían con que mientras rasgaba la guitarra con su clásica cabeza de lado, gruesas lágrimas caían por sus mejillas, porque por primera vez sus canciones le estaban haciendo daño. Durante toda su vida de artista, las canciones habían sido sus armas para redimir la tristeza, la frustración, para entender al corazón humano, para recuperar algún amor casi extinto, pero durante esas noches las canciones se convirtieron en cuervos, porque los había alimentado durante décadas pero, cuando más los necesitaba, le sacaban los ojos y le hacían sangrar.

Jorge Gonzales se había ido a vivir un año antes a Berlín, entonces decidió visitarlo, y se fue en tren para tener tiempo de pensar. Mientras cambiaba de tren en Paris, preguntó:

—¿Cuándo pasa el siguiente?

Ahí con el viento frío de Europa, le llegó la magia a su cerebro y compuso una canción, pero no le importaba, más bien era como si algún intruso llegaba y la metía en su cerebro. Por primera vez le fastidiaba hasta la música.

Lo encontró en un parque lleno de hojas amarillas, sentado, con su sonrisa de siempre.

Ahí se enteró que el vocalista de Los Prisioneros, también se había divorciado poco tiempo antes.

Entonces conversaron toda la tarde de lo que un artista debía enfrentar durante toda su vida, y concluyeron que aún al hacer felices a todos, siempre terminan infelices porque la gente consume, vive, se aprovecha o se jacta de su arte y luego ellos están demás, sobran. De pronto terminaron cantando en coro y con sonrisas: *Únanse al baile, de los que sobran, nadie los quiso ayudar de verdad, eyyy, conozco unos cuentos, sobre el futuro...*

Varios alemanes se arremolinaron para escucharlos, no sabían quiénes eran, ni les entendían, pero pusieron algunas monedas a sus pies.

Cuando ya la noche caía, el chileno le dijo:

—Tranquilo, weón, la vida es tan dura, que si la golpeas no le pasa nada.

De regreso en el vuelo, escribió la canción en una servilleta, y toda la melodía la estructuró mentalmente:

Siguiente, que pase el siguiente
Que va a enamorarse de ti
Que no se imagina que arruina su vida
Siguiente, que venga el siguiente
Que piensa que va a hacer feliz
Como yo pensé que me sucedería
Que pase el siguiente que va a estar contigo
Ese pobre idiota que ahora es tu amigo
Que pase el siguiente que va a enloquecer con tu cuerpo de
diosa
No sabe que el premio va a hacer otra cosa
Por eso me rio.
Que pase el siguiente que va a estar contigo
Que llene tu ego y tu mundo vacío
Que pase el siguiente ese que no sabe que ya está perdido
Por haberte amado y haberte escogido
Dile a ese valiente,
Que me haga un favor
Que se quede contigo.
Siguiente, qué pena el siguiente
Que no se da cuenta que al fin
Su amor inocente será su castigo

Tres años después esta canción saldría en un disco completo del mismo nombre, que vendió de salida 25 mil copias físicas junto al diario más importante de Ecuador.

Sus fanáticos y Mafalda pensarían que estaba dedicada a otra pareja de Douglas, y en su letra ya no era el perdedor muriendo, sino el hombre que se levanta con orgullo propio, desde las cenizas.

Douglas viajó para un concierto en Ecuador y cuando terminaron, le tocó compartir habitación de hotel con Alfonso. Ambos se percataron que eran las tres de la mañana y pese al cansancio ninguno dormía:

—¿Qué vas a hacer? —le preguntó Douglas.

—Quiero irme a los Estados Unidos, mi novia tiene mucha familia en Florida, ya sé que la banda debe terminar, estoy cansado.

Alfonso sabía que los conciertos iban a ser cada vez más escasos y que Douglas seguiría proyectándose como compositor y solista, era la evolución natural de un artista de su tamaño.

—Sí, hermano querido, no va más —le respondió Douglas, quien también, a pesar de que le dolía mucho, pensaba que la banda debía despedirse mientras estaba vigente, dejando un buen recuerdo en el público. Y también había decidido que sería solista, no por presión de ningún productor o disquera, sino por la convicción de que tenía que iniciar un camino distinto para reivindicarse consigo mismo.

Por la mañana en el desayuno, hablaron con Troi, quien después de plantear muchos argumentos para que Tranzas continúe unos años más, se dio cuenta que no había vuelta atrás, trató de sostener las lágrimas y lo logró con mucha dificultad, porque en ese momento sentía que presenciaba una tragedia. Estaban viviendo un momento que sabían que llegaría, pero que siempre era menos doloroso postergar. Por segunda y penúltima vez, en toda su historia, hicieron un abrazo de grupo, delante de todas las personas que estaban en el restaurant del hotel.

—Bueno, ahora organicemos la mejor gira de despedida de todos los tiempos —les dijo Alfonso para animarlos.

Un mes después, la banda emitió un comunicado a la prensa que decía: "después de 20 años de cariño, apoyo, afecto y amistad incondicional, sentimos la necesidad de compartir con ustedes nuestra decisión de terminar definitivamente nuestra actividad artística como el grupo Tranzas".

Para la gira, Douglas compuso una canción que estaba dedicada a la banda, a su Tranzas como un gran amor y a sus amigos como su gran pilar.

Se van
Los más bellos momentos
Nuestro intento de burlar
La soledad.
Se van
Los días que soñábamos
Que nadie nos podría separar.
Se irá diluyendo en el tiempo
Este mundo nuestro
Y ya no volverá.
Pero se quedarán las canciones
Como el más bello recuerdo de este amor
Y aunque todo acabó
Sé que nunca se morirá
Si puedes escuchar
Y siempre se quedarán las canciones
Para contar lo que fuimos tú y yo
Si se apaga mi voz
Yo sé que te recordarán
Que siempre estás en mi corazón, mi corazón.
Se van
Las noches que cantando nuestra pena
Se volvía felicidad
Se van los tiempos que con nada hicimos tanto
Y con tanta libertad.
Se irá diluyendo en el tiempo
Este mundo nuestro
Y ya no volverá.

Dieron 16 conciertos de despedida, y todos estuvieron a reventar. Terminaron en Nueva York con un lleno completo.

Troi siempre había sido el más conectado con el público, extrovertido, histriónico, y un 'rockstar' desde que nació. Cada vez que llegaba a un concierto, analizaba el escenario, veía la estructura y proyectaba alguna locura. Subirse por los fierros, por los andamios, colgarse de algún telón, tirarse al público, cualquier cosa fuera de lo normal, y que emocione a todos, así como había hecho en el festival de MTV cuando sacó a bailar a Daisy Fuentes.

En aquel último concierto, tenía un problema, en el coliseo no había ninguna estructura la que pudiera subirse, pero era su última presentación, algo tenía que hacer.

La policía estadounidense estaba de espaldas a la banda vigilando al público, para garantizar la seguridad en el concierto latino.

De repente en medio de **Plástica**, con la emoción de ser la última vez que la tocaban juntos, salió corriendo, subió por una pequeña rampa que él mismo había hecho con una tabla, y con una tremenda acrobacia saltó por encima de los policías hasta el público, quienes lo recibieron en medio de gritos de histeria colectiva. Lo pasearon sobre las cabezas, le dieron una vuelta y luego lo regresaron. La dificultad era que para subir nuevamente al escenario tenía un gran espacio, y estaban los policías.

Cuando quiso subir se cayó en el espacio que había entre el escenario y el público, entonces los uniformados estadounidenses al ver que se levantaba adolorido del piso, no se lo permitieron, porque pensaron que era un fan alborotado. Douglas ni nadie de la banda se percató en un principio, de lo que sucedía. Entonces Troi molesto forcejeó con los policías, quienes no lo dejaban pasar, cuando Douglas lo vio, ya era demasiado tarde, lo tenían bloqueado y la escena eran tan chistosa, que no podía ni cantar, ni hablar de la risa. Luego tomó un poco de aire y pidió que lo dejen subir.

Cuando finalizaron, recogieron sus cosas en silencio, bajaron en un ascensor al parqueadero, también en silencio. Lo de Troi había sido muy gracioso, pero en ese momento no había nada que celebrar, se separaban para siempre.

Ninguno se quería mirar a los ojos, porque sabían que estaban con los ojos llenos de cristalina tristeza. Habían compartido más de 20 años de un camino difícil, habían logrado lo que nunca ningún artista o grupo ecuatoriano había logrado, habían llevado mucha felicidad a varias generaciones y habían sido también muy felices junto a tanta gente que los quiso. Era fácil despedirse sobre un escenario y decir hasta siempre Bolivia, México, Colombia, Ecuador, hasta siempre Nueva York, pero no era fácil mirarse a las caras y decir lo que sentían en ese momento:

Douglas empezó con algo clásico, pero que de verdad sentía:

—Gracias, panas, ha sido un gran camino el que recorrimos, fue un honor compartirlo con ustedes, son grandes músicos y personas...

Troi continuó:

—El honor fue nuestro, eres el mejor compositor de toda la historia, yo te considero mi hermano...

Alberto, quien pocas veces hablaba, siguió:

—Tenemos que hacer reuniones siempre, no podemos dejar de vernos...

Alfonso asintió, pero no quiso hablar, estaba con la cara roja y ya con algunas lágrimas.

Entonces Troi los acercó a todos y en su último abrazo de grupo, empezó:

—Gracias, Señor, por todo lo bueno que fuiste con nosotros........

Y al final de la oración, Alfonso, quien se había recuperado un poco, concluyó:

—Y gracias también, Señor, por siempre darle la mala mujer correcta a Douglas, para que pueda hacer buenas canciones.

Entonces, entre carcajadas y golpes, cada uno fue a buscar su vehículo.

Y mientras se alejaban, empezaron a cantar su propio coro de Yellow Submarine:

Y nos vamos, directo al Bulín
Directo al Bulín, directo al Bulín

Inundando el parqueo con el eco de sus voces, que al separarse cada vez más unos de otros, se iba apagando en el infinito, pero lo que jamás se iba a apagar era la llama que dejaron encendida con sus canciones, en cada corazón que las escucho y las escuchara por siempre.

CAPÍTULO III

ULTRANZAS

2009

Después de la separación, Mafalda volvió al Ecuador y Douglas también, porque sabía que no podría vivir alejado de su hijo. No le importó más su carrera de compositor, que podía retomar porque solo necesitaba una guitarra y un papel para ello, y la verdad es que su nombre todavía seguía vigente. No le importó abandonar su sueño en el mercado más grande de la música hispana. No le importó que perdería todos sus importantes contactos de México. Nada tenía sentido, solo quería estar cerca de su mamá, de su hijo, de sus amigos del 'crew' y de Tranzas, el resto de su vida. No quería volver a vivir ese desamparo del que parecía no poder escapar ni con la muerte, por eso ni siquiera pensó en suicidarse.

En el Ecuador no vivía desde el año 2000 y todo le pareció extraño. La depresión no se mostraba como antes, en dramas de llantos sangrientos, cuando no se levantaba ni para comer. Se había convertido de un momento a otro en un hombre cercano a los 40 años, que siempre estaba callado, pensativo y algunos dirían sin análisis: amargado.

Pero su talento se sobrepondría y nuevamente daría con su música los mensajes que su corazón quería, y todos lo escucharían sin entender que no solo eran canciones de amor, era su vida completa retratada en el arte.

Él sentía que no tendría nunca más dramas de amor, y que su corazón se había disecado. No sospechaba que pronto escribiría la crónica de la relación más apasionante, mediática y conflictuada que tendría en su vida y que gracias a ello descubriría, en la madurez de su vida, los secretos de la conexión emocional.

Una de aquellas noches, Troi lo llamó y le dijo:

—Hermano, ven a la casa de los Sabatini; hay una fiesta abierta, whisky gratis y están en la piscina las mejores modelos de Guayaquil

—No jodas, Troi, van a querer que cante, yo solo quiero dormir —respondió y le colgó.

Troi insistió varias veces, estaba preocupado por él, cada vez lo veía más apagado. El divorcio le estaba provocando una depresión aguda, que debía ser tratada inmediatamente. Después de una hora, llamó otra vez:

—Ven Douglas, no seas marica, anímate, nadie te va a pedir que cantes.

Douglas pensó que Troi tenía razón, debía encontrar la forma de cargarse a sí mismo y llevarse a la primera fiesta luego de que Mafalda le había dejado claro, por todas las vías posibles, que ya no quería continuar con el matrimonio.

Cuando llegó, en efecto, el escenario era como de Hollywood, mujeres hermosas en traje de baño tomando cocteles en una piscina gigante, mesas llenas de whisky por doquier, con toda la farándula de la ciudad departiendo alegremente. Nada de eso le disgustó.

Al principio a nadie le llamó la atención su presencia, pero poco a poco se le fueron acercando a saludarlo y a felicitarlo, por lo que había hecho en mundo de la música.

Troi lo llevó a la mesa donde estaba, ahí reconoció a todos, pero no se acordaba del nombre de ninguno. Algo bueno empezó a pasar porque se sintió mejor pero, de pronto, de la piscina, en el mismo lugar donde estaba puesta su vista, mirando el agua como ondeaba y recordando cuando fue a Cancún con su esposa, emergió la mujer más espectacular que había visto en su vida. Ella lo observó de frente, salió del agua, caminó en traje de baño directo hacia él y se sentó a su lado, sin hablarle.

Ni en México ni en Miami, en ninguna parte del mundo, ni en los miles de sus conciertos había visto una mujer así.

—¿Qué es esta locura? -preguntó a Troi en un susurro de ventrílocuo.

—Es la princesa de Guayaquil, cuidado, eso es inalcanzable —le respondió Troi en la misma modalidad de comunicación secreta.

Se llamaba Catalina Mallorca, la casa era de la familia de su madre y era la actriz y presentadora más famosa del Ecuador, pero como Douglas no sabía nada de lo que había pasado en su país, no tenía ni la menor idea.

El cantante estaba quieto, ni siquiera se atrevía a mirarla de reojo, cuando ella le dijo:

—Douglas, acompáñame a fumar.

Pensó que, con esa voz fuerte y sensual, sus palabras siempre serían órdenes.

Fueron a caminar por un largo patio de césped y mientras ambos fumaban, ella muy directa le dijo:

—¿Dónde andabas? Tú me gustas desde que estaba en la escuela, y me dormía escuchando tus canciones.

Él se sintió en terreno seguro, y empezó a contarle de todas sus aventuras musicales. La actriz había estado muy concentrada en su trabajo y tampoco estaba al tanto de la farándula y la música mexicana.

—La verdad es que estoy muy aburrida, vámonos de aquí —le dijo mientras caminaba hacia un Ford negro estacionado en un garaje de la mansión.

Él se sorprendió, porque ella seguía en traje de baño, y un pañuelo en la cintura, pero se subió.

Una vez adentro, ella le dijo:

—Quiero que me lleves a tu mundo romántico.

En ese momento sonó el teléfono, era Mafalda, quien llamaba a agradecer las flores que le había enviado. Douglas lo apagó. No podía creer como las endorfinas podían aplacar el dolor y suplantarlo por emoción de un momento a otro.

Entonces con una maniobra aprendida en sus épocas de Tranzas con los primeros discos de olvido, el fingió que la abrazaba, pero la tomó con fuerza de las axilas y la sentó sobre sus piernas, en el lugar del copiloto. Ella empezó una carcajada estrepitosa, que hacía que todo el carro se moviera. El cantante tuvo miedo que los descubrieran, pero la fiesta cada vez estaba más encendida y era imposible que alguien se percatara de la escapada.

—Puedes ser mi hija muñeca, compórtate —le dijo mientras le hacía cosquillas.

Luego la abrazó por la cintura, y ella se dio vuelta, para sentarse de frente, con las piernas flexionadas sobre él.

Entonces lo besó y así se quedaron pegados durante dos horas seguidas.

—Ya basta —dijo exhausta— ahora cántame una canción, eso es lo único que quiero, por eso te besé.

Ambos soltaron una carcajada y nuevamente se abrazaron mientras él empezaba a cantarle al oído:

Después de subir
Bajar, reír, también llorar
Dejé mi alma en algún bar
para jamás creer en nadie
Para ser feliz
la vida tuve que pagar

saber que cuando tú estás mal
tu amor podría apuñalarte.
Cuando entendí
que no hay amigos que te salven
cuando pensé
que no podía querer a nadie
Apareciste tú...
con tu cara de niña
y tu boca de ángel ....

Nunca le dijo que había estado componiendo **Apareciste Tú** mientras la besaba por primera vez. Fue una improvisación genial que salió desde su alma, como un gran suspiro de alivio.

Y así empezó su historia de amor, fluida y divertida. Una conexión mágica y sobrenatural que los llevaría a un nivel de enamoramiento conjunto, que ninguno de los dos siquiera sabia que existia. Al día siguiente salieron y ella, como si ya tuvieran mucho tiempo de conocerse y amarse, con su practicidad y vehemencia le dijo:

—Bueno, ¿cómo hacemos? Tú estás todavía casado y yo, la verdad, tengo novio.

—Sencillo, yo empiezo a hacer los papeles y tu termina con él.

—Bueno —respondió ella, de manera sencilla como una niña— pero se va a morir....

Su novio estaba de viaje. Era un prominente y millonario empresario local, que tenía su jet privado a disposición de Catalina y estaba dispuesto a comprarle la luna si fuera necesario. Llevaban casi dos años de relación, pero aun así lo terminó sin rodeos, por teléfono delante de Douglas, quién no tenía ni carro ese momento.

Él cumplió y también llamó a su abogado para que redacte los documentos de su divorcio.

Esa conexión extraña, invisible y contundente les ordenaba a los dos, desde ese momento, que no había otro destino, solo el de estar juntos.

Esa tarde cuando llegó a su departamento alquilado, lo esperaban unos 15 periodistas de farándula, que lo asediaron de una manera desconocida para él. No se había percatado de que la prensa rosa se había convertido en una potencia en Guayaquil. Todas las preguntas se referían a su posible relación con Catalina y en lo absoluto a su carrera musical. El solo se río y lo negó todo. Pero empezaba a entender que Catalina Mallorca era como la Lady Di criolla.

Esa noche en la casa de la actriz, tomaron la botella de champagne Don Pérignon Rosé Gold, que le había enviado su novio con unas rosas. Si Douglas hubiera sabido que esa botella costaba 45.000 euros, tal vez se lo tomaba con más calma, pero lo hizo como si fuera cerveza de un dólar.

Luego de contarle algunas anécdotas que les hicieron reír hasta que les dolía la mandíbula, la empezó a besar, la desnudó y en el cuarto con la luz apagada, se fundieron en algo nunca antes sentido por ninguno de los dos. Fue como volar hacia otro mundo donde no existían los cuerpos. Eran una sola cosa fundida, paseando por el infinito, y mirando sorprendidos que la vida era más hermosa de lo que tenían conciencia hasta ese momento. Y así los sorprendió el amanecer, abrazados, temblando y sollozando por haber descubierto, por primera vez, uno de los milagros más grandes de la creación: el amor perfecto y correspondido entre una mujer y un hombre.

Ella tenía un programa de variedades todas las tardes, en uno de los canales más importantes del Ecuador.

Después de un mes de asedio, ya tuvieron que admitirlo y el periodismo de farándula, empezó a documentar cada uno de sus pasos, por minúsculo que fuera.

Ese favoritismo mediático, sumado a la reactivación de su proceso creativo a niveles aún más geniales, impulsaron su carrera como solista en el Ecuador, posicionándolo nuevamente en el top de las radios.

Poco después de cumplir tres meses de relación, la producción del programa de Catalina lo buscó para plantearle una idea: proponerle matrimonio en vivo y en directo. A Douglas le gustó todo, salvo que tenía que conseguir un anillo respetable, pero lo hizo, aunque le costó una gran parte de sus ahorros.

Era una sorpresa para ella, por lo que su emoción fue real cuando Douglas le cantó en vivo ***Apareciste Tú*** y sus lágrimas también fueron de verdad cuando él se arrodilló y le entregó el anillo.

Él despertaba en ella nuevos y mezclados sentimientos: pasión, ternura, paz y era cierto que desde niña lo admiraba. Era su 'crush' y que le propusiera matrimonio en su programa: un sueño hecho realidad.

Nunca fijaron la fecha de bodas, pero era un hecho consumado al que solo le faltaba la fiesta y el show.

Pero no a todos les parecía linda la idea. Su familia había albergado muchas esperanzas de que se case con el empresario, en especial su hermano que ya había empezado varios negocios con él. Una parte del jet set porteño, tampoco estaba contento, la princesa debía casarse con un príncipe; para ellos Douglas era un tipo con talento, pero extraño.

Ya para ese momento, el amor perfecto y tierno estaba evolucionando a una pasión desenfrenada. Ella pedía que le hiciera el amor en cualquier lugar, en el camerino del canal, en el baño de algún restaurant, en el carro y solo cuando lo hacían despacio en el departamento iban a dar ese paseo por el mundo donde existen las cosas que no se pueden ver.

Pero como todo en el universo es de forma circular, el tiempo también parece serlo y el ser humano se encarga de conspirar contra su propia felicidad, exacerbando sus defectos y sus traumas.

En términos terrenales: ninguno de los dos estaba emocionalmente sano, porque ambos habían sufrido mucho, y aquellas heridas empezaron a generar el efecto natural.

Al año siguiente, Douglas fue invitado a una gira de conciertos en Europa, y le pidió que lo acompañara para celebrar allá su primer año de noviazgo.

Visitaron Bélgica, Francia, Suiza, República Checa e Italia, por supuesto, de la que Douglas seguía enamorado. Fue como una luna de miel, salpicada de conciertos, entrevistas y reconocimientos.

Catalina se sorprendía cada vez más de la importancia que le daban a su novio en Europa, muy distinto a lo que había visto en Ecuador. Para los conciertos, tenía reservas en hoteles cinco estrellas; en cada aeropuerto o estación de tren aparecía un comité de bienvenida. En las entrevistas en cada país, llegaban los periodistas con un grupo numeroso de chicas miembros del club de fans.

En Paris recorrieron de la mano todos los sitios tradicionales, pero les encantó el barrio Latino, ubicado a orillas del río Sena, muy cerca de la Iglesia de Notre Dame. Una de aquellas noches, para su sorpresa, Douglas fue invitado a la Casa de América Latina, donde el embajador del Ecuador le dio una placa de reconocimiento por sus 25 años de carrera.

A la mañana siguiente de ese evento, fue cuando el cantautor ecuatoriano empezó a detectarlo: Catalina miraba a esas chicas con unos ojos de furia, que si se hubieran fijado más tiempo en un solo punto podían ser cortopunzantes. Era una felina al acecho, con todas sus neuronas concentradas en asesinar a su presa.

Antes de los conciertos, Douglas tenía que despertar temprano e ir a ensayar con las bandas locales y los otros artistas invitados, mientras Catalina se quedaba en el hotel y hacía su propia agenda de compras.

Cuando llegó a Praga en la República Checa, también tuvieron otra sorpresa, el ecuatoriano cantaría en el mítico Chapeau Rouge, en el cual se habían presentado los más grandes artistas de Europa, pero lo más impactante fue el lleno total y la placa que también le entregaría el embajador del Ecuador en ese país.

Catalina nunca se había sentido como una verdadera reina en un viaje; esta vez complementaba el talento de su novio, con su desconcertante belleza que iba dejando de que hablar en cualquier ciudad que pisaba.

En la última semana, en Milán, salió temprano para ensayar, estaba emocionado porque recordaba que aquella ciudad le llenó de sensaciones y notas, que tal vez podría volver a capturar si estaba atento. Iba así, pensando en la música, mientras caminaba al teatro que estaba muy cerca del hotel, cuando recordó que había dejado el celular; pensó en regresar, pero no le importó porque no ocultaba nada, Catalina era su universo.

No se equivocaba, ese día aprendió muchas cosas más con algunos artistas locales y conoció a Alex Britti, cuya canción ***Oggi Sono Lo***, lo tenía fascinado y le alegraba las mañanas desde que trabajaba con Universal. Se la sabía un poco, pero el italiano le dio las pautas de cómo tocarla a la perfección, por lo que le urgía llegar al hotel para tocársela a Catalina.

Llegó tarareando la canción, cuando abrió la puerta vio que venía volando, como un proyectil inmenso, directo hacia su frente, justo en el medio de sus ojos, un florero de cristal. Con los mismos reflejos con que le había esquivado décadas antes, el cuaderno a su primer productor Capoto, logró esquivar la muerte que le podía haber causado el adorno estampado en pleno centro de su cara.

Luego desde el piso, abrió los ojos y ya la tenía encima golpeándolo y llorando.

—¿Qué te pasa loca? —le dijo Douglas confundido y asustado.

—¡Ese tal Pato Vaca dice que vuelvas a México para comerse otra vez unas gringas! —le gritó mientras lo seguía golpeando, él se defendió y la volteó dejándola acostaba en la alfombra, ella se rindió y seguía llorando, ahora como una niñita que había perdido un juguete:

—Para eso te vas siempre a México ¿verdad, miserable?

Entonces Douglas entendió, y pese al susto y los golpes, le dio tanta gracia que no pudo parar de reír durante algunos minutos, también tirado en la alfombra.

Ya cuando recuperó el aire le explicó:

—Mi amor, las gringas son una especie de tacos al pastor, con dos tortillas y queso, que me encantan —y siguió riéndose sin parar durante otros minutos, y ella seguía llorando, más por la vergüenza y por la furia disipada. Al final del encuentro, la abrazó mientras pensaba que recién la empezaba a conocer.

Ella se sintió muy avergonzada, porque pensó que hablaban de gringas, mujeres estadounidenses, y no de una comida típica mexicana, pero aún así sus celos continuaron en alerta máxima.

Por su parte, Douglas, coleccionista de abandonos, infidelidades, maltratos durante toda su vida, no soportaba verla riéndose junto a un hombre. Una desazón en todas y ninguna parte, le invadía de manera agresiva, se quedaba sin aire y quería gritar, y aunque estaba reprimiendo ese sentimiento de posesión y pertenencia, pronto también explotaría.

Una de aquellas noches de pasión, Catalina le había tomado algunas fotos íntimas a Douglas. A él no le gustó y le advirtió que las borrara, pero los intereses de ella eran otros.

Entonces cada vez que alguien le decía: *oye amiga, Douglas es talentoso, pero, así como que guapo, guapísimo, tampoco, ¡tú eres una reina por Dios!* Ella sacaba su celular, enseñaba una foto algo íntima del cantautor, y respondía muy seria:

—A mí no me parece feo, pero éste es su más grande talento—

Y todo el mundo se echaba a reír dándole la razón, menos Douglas, a quien no le parecía gracioso, peor cuando cierto día en un salón de belleza, un estilista transexual, le preguntó ilusionado, si había la posibilidad de que le enseñe su talento, en el cuarto de masajes. Esa broma se había hecho famosa a la interna de la farándula guayaquileña, y no era precisamente eso por lo que Douglas quería incrementar su popularidad.

La relación marchaba muy bien, hasta que un día él pasaba por el canal y la fue a ver. Entonces la encontró conversando muy risueña con un actor, se detuvo para observarla y cuando el hombre le decía algo, ella estallaba en una carcajada. De pronto interrumpió parco y saludó ligeramente:

—Te espero afuera, Catalina.

Ella salió percibiendo que habría problemas. Entonces le salió todo lo que había estado guardando cada vez que ella miraba o sonría con un hombre, y empezó a gritarle dentro del vehículo:

—¿Qué es comediante ese hijueputa? ¿Por qué te ríes tanto con ese idiota?—

Y entonces ser armó un relajo tal que Catalina se bajó azotando la puerta del carro y gritando:

—¡No te quiero ver más!

—¡Yo tampoco! —alcanzó a gritarle él

Normalmente en una pareja, uno ama más, y hay distinto niveles de intensidad; en esta no, los dos estaban totalmente locos el uno por el otro. Normalmente en una pareja, uno es celoso y el otro no, en esta no; los dos estaban totalmente enfermos de celos. Por lo tanto, su relación siempre estaba en el nivel más alto que existe, de romance o de conflicto.

Ella lloró toda la noche, a ratos con rabia y a ratos arrepentida. Él en cambio diseñó un plan para pedirle perdón de la única forma en la que podía expresarse bien, con una canción.

No quería que fuera una canción normal, esta vez sí quería un super hit. Escribió la letra y la melodía, luego se dedicó a producirla en estudio con los mejores músicos.

Casi un mes después, sin advertirlo llegó a su programa.

Solo tenía un par de cómplices que le habían ayudado a prepáralo todo. Él sabía que no lo iban a detener, porque cuando le propuso matrimonio en vivo, el rating había subido hasta las nubes. Entonces le pidió perdón con una balada rock movida llamada **¿Cómo estás?**, que estaría en el 'top five' de sus favoritas e inmediatamente se convertiría en número uno en las radios ecuatorianas:

Tal como te prometí
No te he vuelto a buscar
Ni escribir ni llamar ni nada
Tal como prometí
Me alejé por siempre de ti
Tal como te prometí
Al final te bloqueé, te borré
Ya no supe nada
Tal como prometí
Tienes una vida sin mí
Pero yo no soy tan fuerte
Vuelvo a caer, a escribirte
Todo el tiempo que no te vi
No supe ya más de ti
Yo te amaba, te extrañaba
Cada instante, que no estabas
Aunque sé que no puede ser
Y ya nunca vas a volver
Hoy quería, escucharte
Hoy quería, preguntarte; ¿cómo estás?
Tal como te prometí después de tanto amar
Al final ya no somos nada
Tal como prometí
Ya tengo una vida sin ti
Pero yo no soy tan fuerte
Vuelvo a caer, a escribirte ...

Naturalmente, al final, ella que había estado haciendo los últimos programas como un robot sin expresiones, se le acercó empapada en llanto, lo abrazó y le respondió:

—Estoy mal, no puedo vivir sin ti.

Aunque ya venía por ese camino, desde ese día, la relación se convirtió en un gran reality show de los tantos que estaban de moda. Y como todo reality, lo que se expondría ante las cámaras y la opinión pública, no era lo que en verdad sucedía.

2011

Douglas se había mudado a su casa, y en ese ritmo llevaban casi tres años de relación: siempre peleando, siempre amándose, y la prensa correteándolos. Su carrera como actriz y presentadora se había consolidado y la de él como solista en Ecuador también, pero estaba tan enamorado que poco le importaron los mercados más poderosos o el éxito internacional. Y aunque realizó algunos viajes donde generó muchísima expectativa, el mundo no era su prioridad y no gestionó nada afuera, como en la época cuando peleó con tantos productores, disqueras y radios para que su música sea escuchada. Su prioridad era regresar y estar pendiente para que ninguno de los tres millones de hombres que estaban atrás de ella, se la quiten.

A mediados de año, le pidió que le acompañara a un festival en Nueva York. El la vio un poco confundida, se extrañó e insistió:

—Pero si Nueva York es tu ciudad favorita.

—Si, si mi amor, es solo que estaba pensando que tengo que grabar la siguiente semana, pero puedo organizarme —corrigió ella.

Viajaron, caminaron por la Gran Manzana y era uno de sus momentos felices, de postal, de reality que, hasta allá, alcanzaba a cubrir la prensa rosa de Guayaquil.

Entonces en el Central Park, ella con una sonrisa misteriosa, le dijo que le tenía una sorpresa. Buscó en su bolso y sacó una prueba de embarazo, se la mostró y le dijo:

—Tendremos una familia—

Él se quedó congelado, porque pese al profundo amor que sentía, ya era lo suficientemente grande para entender que si un noviazgo era de pesadilla, el matrimonio sería un infierno, pero no tuvo más que sonreír y abrazarla:

—Gracias, mi amor, qué regalo más grande.

Cuando ya terminó todo, una noche antes del viaje, Douglas no podía dormir por un leve malestar estomacal. Se levantó a las tres de la mañana, fue al baño, y mientras buscaba una revista para leer, vio que el celular de ella se estaba cargando en un gabinete. Lo tomó, pero estaba bloqueado.

Luego cuando ya iba a salir se fijó que, en el tacho de basura, estaba la prueba de embarazo. Por algún extraño instinto la extrajo con mucho cuidado, y se fijó que una de las rayas, estaba hecha con marcador, al punto que pudo borrarla con el dedo meñique.

Pensó, *esta mujer está loca, pero que alivio*. Entonces decidió fingir que no había visto nada.

De pronto ya con los sentidos más enfocados, recordó que un día ella le dijo que la clave era el nombre de su abuelita: Enma.

De repente el celular de ella estaba abierto por primera vez ante sus ojos. Se dedicó detenidamente a revisarlo todo y encontró lo que ningún enamorado quiere encontrar jamás.

Había largas conversaciones de amor con un reconocido productor de televisión, muy amigo de ambos. Entonces unas náuseas incontrolables le invadieron y se puso a vomitar muy fuerte como si estuviera intoxicado. Ella se levantó, le tocó la puerta y le preguntó:

—¿Estás bien mi amor?

El no respondió, salió y ante la sorpresa de su novia, solo se acostó en silencio, y no quiso hablar. Al día siguiente ella se dio cuenta lo que había sucedido y asustada tampoco dijo nada.

Regresaron en silencio, él como zombi y ella con el pánico de sentir que su relación había terminado.

Cuando llegaron, empacó sus cosas con una actitud de cadáver resentido, y se fue nuevamente a la casa de sus padres hasta tener tiempo de alquilar algo.

Ella le suplicó que por favor hablaran, pero él respondió, casi sin voz, que después.

La verdad, estaba sorprendida y asustada por la reacción tan pacífica de Douglas, lo que solo podía significar que ya había dejado de amarla. Y hasta cierto punto era verdad, esa noche algo se rompió, y la imagen de aquella mujer intensa, exitosa, talentosa, trabajadora, hermosa, se fue quebrando, porque de base, en el fondo, aunque no era una mala persona, el músico se dio cuenta de que tal vez su novia debía tener algún problema psicológico.

La madre de Douglas estaba siempre preparada para esos casos. Había atendido todas las desepciones de su hijo desde los 17 años, y era la única persona en el mundo que nunca le decía que se levantara y fuera fuerte. En cambio, lo abrazaba en silencio durante largas horas. Para ella no era el cantautor famoso de más de 40 años, seguía siendo el mismo chiquillo que a veces lloraba, y que luchaba y luchaba porque no podía componer ni una buena canción.

Pocos días despúes se recuperó un poco y hablaron. Ella le pidió perdón, le dijo que había sido un desliz, parte de un juego que se le fue de las manos en un momento en que estaba enojada con él, etc., etc. Luego hizo arreglos para cambiarse de canal y estar lejos del sujeto, aunque esto representaba un fuerte golpe económico para ella. Douglas pensaba que el amor podría ser capaz de perdonar, y decidió intentarlo. Además, pensó que podía aprovechar para hacer un borrón y cuenta nueva, que permitiera enderezar esos corazones traumados y débiles.

Fueron a terapia de pareja juntos. En la segunda sesión la doctora se hartó de las discusiones en vivo y les dijo:

—Por favor, no soy la doctora Apolo, ¡por Dios sepárense!

Luego buscaron un doctor, un poco mayor y paciente, pensando que la doctora anterior era la incompetente, pero el resultado fue el mismo. La segunda opinión profesional, era que no tenían esperanza.

Aun así, continuaron aferrándose a esa relación tóxica en la que pocos sabían lo que de verdad pasaba. La verdad era que la prensa pensaba que estaban juntos cuando estaban separados, y también viceversa.

Desde ese tiempo, Douglas empezó a desarrollar una obsesión compulsiva por vigilarla, seguirla y tratar de controlar su vida al máximo.

Fueron años donde el cantautor dejó de componer y se dedicó a ser un agente de inteligencia policial, cada vez daba menos conciertos y se veía descuidado.

Por fortuna, esa misma semana, mientras revisaba las cuentas con su hermano Esteban, quien le llevaba la contabilidad, vieron en su cuenta del Bank of América, que tenía 83.000 USD. El saldo anterior de Douglas había sido 3.000, entonces le pidió a su hermano que revisara bien, que le parecía que estaba viendo un 0 de más. Su hermano le ratificó la cifra y buscando el detalle se dieron cuenta que la transferencia había sido realizada desde México, por el representante legal de Cuisillos. Al día siguiente llamó y se enteró que la legendaria banda había vendido casi un millón de copias de un disco que contenía algunas de sus canciones. Entonces desde el cielo, en medio de la tormenta, le llegaba una tabla de salvación.

Había escuchado por amigos en común que Silvia estaba vendiendo el departamento de Lomas de Urdesa. Por intermedio de esos mismos amigos, la contactó y a ella le dio un vuelco el corazón; aunque era casada, en ese momento estaba sola. Siempre había seguido sus pasos musicales; sin embargo, esta no era una llamada de amor. Cerraron el negocio en 10 minutos de plática y al día siguiente empezaron a hacer los documentos.

Douglas ahora tenía un cuartel general, el mismo departamento en el que había vivido con Silvia y al que siempre quiso volver, porque tenía una carga emocional muy fuerte. Desde ahí se veía todo Guayaquil y se sentía a salvo, como un gran capitán que controlaba toda su ciudad.

La primera noche con sus pocas cosas aún sin desempacar, estaba sentado en la terraza mirando Guayaquil. Llamó a Troi para contarle, pero esa noche él no podía ir a celebrar.

Entonces recibió un mensaje de Catalina que decía:

—¿Cómo estás?

A lo que él respondió:

—Yo, ya entendí, pero mi corazón no entiende, no entiende...

Ella prosiguió con un largo testamento, a lo que él contestó:

—Espérame, te escribo luego.

Su cerebro explotaba, nuevamente tenía una gran idea musical, entonces empezó a escribir: ***Mi corazón no entiende***, y como siempre, fue cuestión de 20 minutos para que apareciera la magia de una letra que produjo su propia melodía.

Yo ya entendí
Que no eres para mí
Lo nuestro terminó hace mucho tiempo
Yo ya entendí
Que puedo ser feliz
Muy lejos de tu mundo y tus recuerdos
Ya entendí
Que tienes derecho a rehacer tu vida
Con alguien más que puede estar en este momento
Tocando tu cuerpo
Pero mi corazón no entiende, no entiende, no entiende
Pero mi corazón no entiende, no entiende, no entiende
Pretende que sigues conmigo

No quiere entender que hace tiempo te has ido
Se quiere morir de tristeza
Solo imaginando que alguien más te besa
Pero mi corazón no entiende, no entiende, no entiende
Pero mi corazón no entiende, no entiende, no entiende
Te quiere llamar todavía porque para él tú serás siempre mía
Y quiere correr a explicarte
No quiere entender que tú ya me olvidaste
Perdónalo
Yo ya le expliqué
Pero él no entiende
Yo ya entendí
Que estoy mejor sin ti
Que tú no le convienes a mi vida
Yo ya entendí
Que al final dejarte ir
Fue sabia decisión de parte mía

Años más tarde **Mi corazón no entiende** superaría todos los récords que Tranzas había establecido en el Ecuador pero, en ese momento, la produjo solo para ella y como siempre le pasó a lo largo de su vida, Catalina no fue indiferente.

Luego de mandarle el CD ella mantuvo silencio, de repente, un mes después, mientras Douglas trataba de recuperar a fuerza de voluntad su amor propio, reaccionó.

—Quiero que me la toques en vivo.

Le dijo con una de sus acostumbradas bromas subidas de tono, acompañada de una de esas carcajadas que tanto le gustaban.

Entonces llegó al departamento y lo que hicieron ahí no fue el amor, sino una violación mutua. Y así pasaron varias horas, hasta que Douglas se quedó dormido.

Lo despertaron los golpes y los gritos, él se sacudió y ella salió corriendo a la cocina. Al regresar tenía dos cuchillos, uno en cada mano, y no los tenía para arriba sino para abajo, como si quisiera matar a Drácula. Douglas entró en pánico porque eran cuchillos grandes y la cara que tenía ella era de desquiciada.

—Eres un hijo de puta, te has dedicado a coleccionar grillas apenas te doy la espalda.

Le gritó jadeante y atacándolo con los cuchillos. No quería matarlo, pero le hizo cortes superficiales en el brazo y el cuello. Él se dio cuenta que le había aplicado la misma receta y había revisado su celular, encontrando conversaciones con tres o cuatro fanáticas entusiasmadas que había llevado a su departamento en ese mes. Calculó en segundos que tendría que someterla por la fuerza, entonces, le tiró almohadas y todo lo que encontró en la cómoda de la habitación, hasta que pudo acercársele y agarrarla de ambas muñecas, luego se las torció, la desarmó, le metió una zancadilla y la puso boca abajo contra el piso, usando por segunda vez en su vida las clases de judo que le obligó a tomar Don Luis Arturo. Entonces le dijo, respirando un poco:

—¡Cálmate, Catalina! Tú me botaste, habíamos terminado...

Ella se tranquilizó, se sentó en la cama aun jadeando, se puso a llorar y a acusarlo de que la había golpeado, y en efecto lo había hecho, pero justo lo necesario, para salvar su propia vida.

Ahora los papeles se invertían, ella se dio cuenta de golpe, que él podría continuar su vida, solo, en cualquier momento, y empezó a perseguirlo.

Pocas semanas después, Douglas tuvo que viajar a Quito al evento de los Premios de la Sociedad de Autores y Compositores del Ecuador, Sayce. Le habían soplado que ganaría algunos premios, pero no ganó algunos, los ganó todos. Luego, en la celebración de la noche los artistas cerraron un bar solo para ellos. Cuando Douglas iba a cantar, se acercó su baterista y le dijo, con miedo, que Catalina lo estaba buscando:

—Sí, tengo descargado mi celular, dile que ya la llamo.

Lo cargó un poco y le llamó:

—¿Andas con tu harem de zorras? En este momento te vas al hotel o voy a publicar las fotos que tengo de los morados y raspones de ese día en tu departamento, ¡te arruinaré tu carrera y tu vida! —le gritó.

—Mira Catalina, acabo de ganar todos los premios, en este momento voy a cantar y en 40 minutos estaré en el hotel, publica lo que te dé la gana —respondió más enojado que ella y le cortó.

Qué se cree esta mujer, pensó.

45 minutos después llegó al hotel, cargó nuevamente el celular y le escribió:

—Ya estoy en el hotel, si quieres me llamas.

Al día siguiente se despertó con la resaca y tenía 123 llamadas perdidas.

El mundo entero estaba encima de él, su familia, sus amigos, sus colegas, la prensa, todos.

Catalina había publicado durante algunos minutos unas fotos de diferentes partes de su cuerpo, moradas o raspadas.

Ese momento sintió el impulso salvaje de buscarla y golpearla de verdad, pero luego se calmó, aunque la guerra mediática apenas iniciaba.

Le dijeron de todo en cada red social: misógino, homosexual reprimido, femicida, acomplejado, mediocre. Se colapsó su Twitter y su Facebook con insultos. Había tocado a la Princesa y en ese momento era la escoria de la ciudad.

Se rumoró que habían armado una brigada de vengadores para ajusticiarlo, por lo que incluso tuvo que quedarse en Quito unos días por seguridad.

Ahí se terminó de quebrar el monumento que le había construido en su mente, y aunque sabía que cualquier ser humano podía hacer las cosas más maravillosas o las más horribles dependiendo de sus motivaciones y circunstancias, ya no había espacio en su corazón para más agravios, esa cavidad donde se acumulan los malos tratos y los abandonos, ya se había llenado por completo.

Decidió que nunca más iba a estar con ella, aunque su corazón siguiera sin entender, aunque se estuviera revolcando en su propio llanto en el piso del departamento vacío que tanta nostalgia le traía. Entonces se recluyó ahí, nunca dio declaraciones a la prensa y otorgó la razón a todos sus críticos.

Se aplicó la única y dolorosa técnica de recuperación de los drogadictos, la abstinencia, porque eso era Catalina, una droga, como Cafeína, Nicotina y, pues, Catalina.

En menos de un mes se enteró que ya tenía pareja. Pero en concordancia con su personalidad contradictoria fue a buscarlo al departamento. Le dijo que lo amaba, que solo publicó durante unos minutos las fotos y que había demandado al canal que las replicó. Él le respondió que ya no había esperanza para ellos, que era mejor terminar.

Le decían que la habían visto salir con tal, con cual, y que la habían visto en las Vegas con el famoso Adal Ramones de México. A él no le importaba si era verdad o mentira, ya su corazón para ese momento se había recubierto de una costra dura, como un callo carbonizado, que no quería romper nunca.

Pasaron los meses y el resentimiento se le transformó en un recuerdo sosegado y una de aquellas noches, al ver que seguía su cepillo de dientes en el baño, pensó: **esto te va a esperar aquí por si acaso vuelvas**, y entonces como un adicto que recae, le compuso otra de sus canciones que no tenía límites entre la vida real y la música: *Por si acaso vuelvas*.

Por si acaso vuelvas encendí una luz
Para verlo todo, cuando llegues tú.
Arreglé la casa como te gustaba
Para estar listo, mi amor.

Por si acaso vuelvas, hoy estoy mejor.
Hoy entiende todo, ya mi corazón
No dejo que nadie, pase lo que pase, ocupe tu espacio mi amor.
Por si acaso vuelvas tengo preparadas 5.000 canciones para
enamorarte.
Tengo las historias que te harán reír y que quiero contarte.
Para que ya nunca te alejes de mí.
Por si acaso vuelvas, arreglé mi vida
Como te gustaba, como tú querías.
He borrado cosas que te molestaban, las que te dolían.
Para que ya nunca te alejes de mí.
Ya ves que estoy listo, mi amor; ya ves que estoy listo, mi amor,
Yo siempre estoy listo, mi amor.
Por si acaso vuelvas...
Por si acaso vuelvas, aquí seguiré, aunque sé que nunca ya vas
a volver
Aunque no me quieres, aunque no me extrañes
Yo igual estoy listo, mi amor.
Por si acaso vuelvas, tengo preparadas 5.000 canciones para
enamorarte.
Tengo las historias que te harán reír y que quiero contarte.
Para que ya nunca te alejes de mí.

Y así quedaron, amándose y odiándose al mismo tiempo, en un estado pocas veces visto en la especie humana, en el que ella por la mañana en una entrevista decía que era lo peor que le había pasado en la vida, y por la noche le escribía un mensaje diciendole que lo amaba.

De repente a un periodista de farándula le decía que Douglas solo le daba lástima, y por la tarde a otro le decía que era el mejor artista en la historia del Ecuador.

Y en la cola de ese huracán de contradicciones que ambos armaron, en el que no se entendían ni ellos mismos, Douglas por fin entendió definitivamente, algo que no se había dado cuenta en el fondo, y que cambiaría su vida para siempre: el único y verdadero amor que le sería fiel y al que él le sería fiel para siempre, era la música.

Tiempo después...

A pocos días de que termine el año y con el alivio que el mundo no se había terminado como todos decían, estaba sentado en un muelle de un hotel en Punta Carnero, con la marea alta y los pies bajo el agua, junto a una caja de cartón. El sol se estaba sumergiendo en el Pacífico y el horizonte se había pintado de un color intenso, entre rosa y naranja.

Dejó su cigarrillo a un lado, y recordó a todas las mujeres que habían pasado por su vida: Paola, Sofía, Lorena, Michelle, Silvia, Bahi, Mafalda y Catalina, y armando las piezas de su corazón roto, como si fuera un rompecabezas de carne que había sangrado durante 30 años, decidió que debía borrar todos sus recuerdos musicales y dedicarse a componer sin cadenas.

En ese momento tomó su celular para fotografiar el ocaso, pero se le abrió de casualidad el Facebook y entre las fotos de uno de sus amigos importantes de México, vio un collage de una fiesta, donde estaban abrazados riéndose Miguel Hernández Pliego, Adal Ramones y su viejo amigo: Jean Pierre Leblanc.

Se río porque el francés le recordó al Conde de Montecristo de Alejandro Dumas y su eterna capacidad de venganza, entendió que él y Fuentes habían estado conspirando detrás de todas sus desgracias musicales, pero no le importó, eso era historia, y todo aquello había construido quien era hoy, y por fin se sentía contento con ello.

Fue consciente de que, por causa de su timidez inicial, por Fuentes, por Jean Pierre, por las disqueras internacionales, por sus productores, solo se había escuchado el 10% de todo lo que había compuesto. A lo lejos, desde el hotel, se escuchaba una canción de Bad Bunny:

"Cuando te di en to'as las pose y en cuatro te grabé
Desde que me pegué me clavo to' los culos que salen en la tv
Pero tú está más dura, te hiciste el culo las tetas y la cintura
Contigo me voy a capela sin armadura"

A pesar de que estaba dispuesto a seguir dando guerra con su guitarra, y sentía que aún estaba en la mitad de su vida porque el monstruo seguía vivo, había visto la evolución, y había sido parte, como protagonista y víctima, del apocalipsis de la música.

Entonces acercó la caja de cartón que tenía una gran etiqueta con la palabra **ULTRANZAS**, y empezó a tirar al mar, una por una, las 300 canciones que había compuesto en esos 30 años. Canciones que nadie había escuchado y que podrían haber sido mejores que todos su éxitos conocidos. Por último, mientras subían el volumen en la radio del hotel, escuchó al locutor decir que el Trapero había ganado el premio "Compositor del año" entregado por la ASCAP. En ese momento para resumir lo que pasaba con la música en el mundo, dijo en voz muy alta:

—Ya valimos verga...

FIN

EN LA ACTUALIDAD

Douglas Bastidas sigue componiendo grandes canciones de amor, y hace exitosas giras por el mundo con su grupo.

En los últimos años ha escrito temas como este:

Todavía Te amo

Te parecerá extraño que te escriba
Cuando dije que no lo iba hacer
Cuando terminó lo nuestro hace tiempo
Y ahora todo está muy bien
Me enteré que ahora estás con alguien
Como al final tenía que ser
Y hoy mi vida es tan impresionante
Me va demasiado bien
Tal vez con una excepción ...
Que todavía te amo
Que mientras pasa el tiempo yo estoy más enamorado
Que todavía me muero si tú estás en otros brazos
Y aunque juré no verte
Hoy te quería decir que todavía te amo
Que todavía no encuentro ni por qué seguir viviendo
Si no tendré tus manos
Y ya no tendré tus besos
Y aunque juré no hablarte
Sólo quería decir ... que todavía te amo
Te parecerá extraño que te escriba
Sabes que más nunca te busqué
Terminar era lo que yo quería
Y ahora todo está muy bien
Tal vez con una excepción ...

ÍNDICE

PREFACIO / 11

CAPÍTULO I
EL SUEÑO ASTRAL DE TRANZAS / 13

CAPÍTULO II
POR SIEMPRE TRANZAS /127

CAPÍTULO III
ULTRANZAS /209